裏切りの中央本線

角川文庫
21991

目次

裏切りの中央本線 5
トレードは死 77
幻の魚 115
石垣殺人行 145
水の上の殺人 187
死への旅「奥羽本線」 223
解説　山前譲 280

裏切りの中央本線

1

西本《にしもと》刑事は、二年ぶりに、大学時代の友人、崎田《さきた》に会った時、次の日曜日に信州《しんしゅう》の松《まつ》本《もと》へ行くと話した。

「久しぶりに休暇がとれたので、三日間、信州へ行って来ようと思っているんだ」

「次の日曜日？」

と、崎田は、おうむ返しにいって、しばらく考えていたが、

「乗る電車は、もう決めてるのか？」

と、きいた。

「いや、午前中に東京を出発しようと思っているが、切符は、まだ、買ってないんだ。多分、『あずさ』に、乗ることになると思っているんだが」

「それなら、新宿《しんじゅく》を、午前一〇時二八分に出る急行にしてくれないか」

「なぜ？」

「実は、おれも、日曜日に天竜峡《てんりゅうきょう》へ行くんだ。それで、君と一緒に行きたいと思ってさ。ちょっと、君に相談したいことがあるんだよ」

と、崎田は、真剣な顔でいった。

「その急行は、松本へ停まるんだろうね？　信州へ行く時、いつも、『あずさ』に乗っていて、急行に乗ったことがないんだ」

「もちろん、停まるさ。それに、所要時間は特急とほとんど違わないよ」

と、崎田はいった。

崎田が、説明してくれた列車は、急行「アルプス3号」だった。

この列車は、飯田《いいだ》線の飯田まで行く、急行「こまがね3号」と併結している。崎田は、この列車で飯田まで行き、天竜峡へは普通電車に乗り換えるのだ、といった。

「岡谷《おかや》で飯田線に入るんだが、そこまでは一緒に行けるからね」

と、崎田は、いった。

大学時代、崎田と、それほど親しかったわけではない。

西本の方は、もっぱら、ラグビーなどをやっていたが、痩《や》せ型の崎田は同人雑誌を出すような文学青年だったからである。

それでも、卒業後の話や、友人の噂などは聞きたかった。

それに、三日間の休暇を貰《もら》っているので、急行では駄目で特急にしなければならないこともなかったから、西本は、崎田のいう急行「アルプス3号」に乗ることにした。

これでも、松本には一四時〇五分には着けるのだ。旅館に入るには丁度いい時刻だし、午後二時からでも、ゆっくり、市内見物は出来るだろう。

幸い、殺人事件も起きなかったので、次の日曜日、西本は、旅行の支度をして自宅マンションを出た。

一月中旬の日曜日で、この季節としては暖かい日だった。

崎田とはホームで落ち合った。

二人の乗る電車は、すでに、4番線ホームに入っていた。

165系と呼ばれるオレンジとグリーンのツートンカラーの車両である。

特急「あずさ」のようなヘッドマークはなく、ただ、「急行」の表示だけがされている。

先頭から四両が飯田行で、後の七両が松本行である。

崎田は、分岐する岡谷までと、岡谷から先の切符を別に買っていた。二人とも、立って行くのが嫌で指定席にしたのだが、飯田までの切符を買うと、分かれて座らなければならなかったからである。

隣りの3番ホームから、午前一〇時発の特急「あずさ7号」が発車して行った。

日曜日と、スキー・シーズンということで、ホームには乗客があふれていた。スキー客も多い。

西本と崎田は、最後尾の1号車に乗った。

松本方面行の時は、十一両編成の11号車が先頭である。

一〇時二八分の定時に発車した時には、車内は、ほぼ、満席だった。

崎田は、発車するまでの間に、キヨスクでみかんと駅弁を買って来てくれた。

西本が金を払おうとすると、崎田は手を振って、

「いいよ。おれが、特急の『あずさ』に乗ろうと思っていた君に、この『アルプス』に乗って貰ったんだから」

「しかし――」

「それに、君に、聞いて貰いたいこともある」

「そんなことを、いっていたね」

「君は、今、刑事をやっているんだろう？」

「ああ、そうだ。ただし、三日間の休暇を貰っているから、その間は非番だがね。君は、確か、どこかの商社に勤めているんだろう？」

「日々商事で、働いている」

「大会社じゃないか。羨《うらや》ましいよ」

「それがね、四年間勤めてみて、自分が、つくづく、サラリーマンに向いていないのが分かったんだ。同じ時間に出社して、毎日、同じ仕事をやる。そういうルーチンワークに、疲れてしまってね」

崎田は、小さな溜息《ためいき》をついた。

「それが、僕に話したかったことか？」

「ああ」

「そうか」

西本は、ちょっと、拍子抜けした感じだった。

「いけなかったのか?」

と、崎田がきいた。

西本は、あわてて、

「いや、そういう意味じゃないが、僕が、刑事だもんでね。何か、事件に巻き込まれて困っているのかと、早合点したんだ。ほっとしたよ。違っていて」

「もし、事件に巻き込まれていたら、君より弁護士に相談するよ」

と、崎田は肩をすくめて、

「おれは、時々、今の会社を辞めようかと思うんだ」

2

「そりゃあ、もったいない」

西本は、正直な気持をいった。

「そうかね」

「商社マンといえば、花形じゃないか」

「おれは、君が羨ましいんだ。殺人事件みたいな、どきどきするようなことにぶつかれるからさ。退屈なんかしたことはないだろう?」

「事件は、確かにどきどきするようなものだがね。その捜査となると、地味で根気の要る仕事だよ。例えば、犯人の遺留品が手袋だったら、その手袋の製造元から販売経路を、足を棒にして探して歩かなければならないんだ。夏のかんかん照りでも、冬の雪の日でもね」

「それでも、毎日、同じ仕事をやってるよりはいいよ」

崎田は、羨ましげにいった。

「そうかねえ」

「それに、おれは、昔から対人関係が苦手でね」

崎田は、ちらりと窓の外に目をやった。

電車は阿佐谷《あさがや》あたりを走っているらしい。どこまでも家並みが続く。

「しかし、商社を辞めて、どうするんだ？」

西本も、窓の外に目をやった。

「小説を書いて、生活が出来ればいいと思っているんだがね」

「そういえば、君は、大学時代、同人雑誌をやっていたな」

「あの時は遊びだったが、最近は真剣に考えてるんだ。今度、天竜峡に行くのも、あの辺を舞台にして書きたいと思ってね」

「なるほど」

「だが、ものになるという自信がなくてね」

「そんなことはないと思うが――」

西本は、あいまいにいった。

大学時代、崎田が同人雑誌をやっていたのは知っていたが、彼の作品を読んだことはなかったからである。

「いっそのこと、会社を辞めて、小説書きに専念しようかとも思うんだ」

「しかし、生活はどうするんだ?」

「四年働いたから、退職金が少しは出るし、失業手当も貰えるしね。その間に小説が売れればと思ったりしているんだが」

「しかし、小説が売れなかったら、どうするんだ?」

「それを考えると、辞めるのが怖くなるんだよ。だから、君に相談しようと思ったんだ」

「しかし、僕は、小説なんか書いたことがないからね」

「君は、商売柄、いろんな人間を見てるんじゃないか。だから、何か、参考になる意見をいってくれるんじゃないかと思ったんだがな」

「それは、買いかぶりだよ」

と、西本は苦笑した。

人生相談なんて柄じゃないのだ。西本自身、時には刑事であることに自己嫌悪を覚えたりしているのである。

(カメさんなら、いい返事が出来るかも知れないな)

と、西本は、同じ捜査一課のベテラン刑事の名前を思い出したりした。

このあとは、崎田も、会社を辞める辞めないの話は中止して、大学時代の思い出や、当時の仲間が、今、どうしているかという話になった。

西本は、ほっとした。

こうした話なら、いくらでも楽しくなってくる。

当時の教師の悪口をいったり、お互いに知っている仲間の近況を教え合っている中《うち》に、電車は大月《おおつき》を過ぎ、甲府《こうふ》に近づいていた。

車窓に、一面の銀世界が広がっている。

東京では一度だけ雪が降ったが、その後はおだやかな日が続いて、雪を見ていない。

「さすがだね」

と、思わず、西本は感嘆した。

中央本線は、八王子《はちおうじ》を過ぎると山の中を走るようになる。

その山々も、林も、畠《はたけ》も、全て、白の世界である。もう、根雪になっているようだから、春まで解けないだろう。

甲府を過ぎ、小淵沢《こぶちざわ》に近づくと、雪がますます深くなり、それに反比例して、音が消えたようになってくる。

昼を過ぎたので、崎田が買ってくれた駅弁を広げた。

「この分だと、君の行く天竜峡のあたりも、雪に埋もれているんじゃないのか」

と、西本はいった。

「ああ、おれの小説では、雪の天竜峡が舞台なんだ」

と、崎田がいう。

「どんなストーリィなんだ？」

「一種の復讐譚《ふくしゅうたん》だよ」

「ふーん」

「白一色の美しい景色の中で、人が死ぬんだ」

「天竜峡で？」

「そうしたいと思っているんだが、本当に雪の天竜峡がそれにふさわしいかどうか、実際に、この目で見なければ分からないけどね」

「雪の北アルプスは、どうだい？」

「悪くはないが、ちょっと、有名過ぎてね」

と、崎田はいった。

小淵沢を過ぎると、晴れていた空が急に曇って、粉雪が舞い始めた。

新宿から乗って来た若いスキーグループは、雪だ、雪だといって、はしゃいでいる。

上諏訪《かみすわ》。一三時二〇分着。

雪は、止んだかと思うと、また、降り出した。

この辺りの冬の気象は、いつも、不安定なのだろうか。

下諏訪を過ぎると、崎田が立ち上った。

「次の岡谷で切り離しだから、おれは、もう、前の車両に移っているよ」

「岡谷では、飯田行が先に出発するんだったね？」

「確か、おれの飯田行が一三時三四分で、君の松本行は一三時三七分だよ」

と、崎田はいった。

西本は、7号車まで崎田を送って行った。

まだ、7号車と8号車の間の扉は開いている。

崎田は、8号車に入ると、西本に小さく手を振ってから、先頭車の方へ歩いて行った。

岡谷には、定刻の一三時三一分に着いた。

駅員が、早速、切り離しの作業にかかった。

三分後には、先頭の四両が切り離され、先に出発して行った。辰野《たつの》を経て、飯田線に入るのである。

それを見送って、西本は自分の席に戻った。

三分後の一三時三七分に、七両になった松本行の急行「アルプス3号」が発車した。

いぜんとして、粉雪は、降ったり、止んだりしている。

車窓の景色は雪だけである。家の屋根には二十センチ近く雪が積り、軒からはつららが下っている。

屋根の雪おろしをしている光景も目に入った。

一三時四七分、塩尻《しおじり》着。

塩尻は、1番線から6番線まで、三つのホームを持っている。ここで、名古屋《なごや》方面から来た中央本線と一緒になり、更に篠《しの》ノ井《い》線に入って、北の松本へ向う。

松本へは、一四時〇五分に着いた。

松本のホームにも、雪が積っていた。

どやどやと、乗客が降りて行く。西本は、一人旅の気安さで、他の乗客が降りるのを待ってから、ゆっくりと立ち上った。

その時、急にホームが騒がしくなった。

3

最初、何が起きたのか分からなかった。駅員がホームを走って行く。

(病人でも出たのだろうか？)

と、思いながら、西本もホームに降りると、駅員が走って行った方に目をやった。

七両編成の先頭から二両目あたりで、人々が集って騒いでいる。

6号車の付近である。

その中に、制服姿の鉄道公安官もやって来て、6号車に乗り込んだ。

西本は、人垣のうしろから背伸びをした。

6号車で何かあったらしい。

駅員や、公安官は、中に入ったまま、なかなか出て来なかった。
七、八分して、担架を持った救急隊員が二人、ホームを走って来た。
（やはり、急病人か）

と、思っていると、6号車から、乗客が担架にのせられて降りて来たが、身体に毛布がかぶせてあった。

顔も、毛布で蔽《おお》われてしまっている。

（死んでいるのか）

と、西本は思い、人垣を作っていた乗客も同じことを考えたらしく、小さなどよめきが起きた。

担架に続いて降りて来た駅員をつかまえて、西本は、

「どうしたんですか？」

と、きいてみた。
三十五、六歳のその駅員は、青ざめた顔で、
「あんたは？」

と、きき返した。

「この列車に乗って来たんですが、東京警視庁の者です。今日は非番ですが」

西本は、名刺を相手に渡した。

駅員は、びっくりしたような目になってから、近くにいた助役にその名刺を見せた。五十二、三歳の助役だった。

彼は、名刺と西本を見比べるようにしながら、

「本当に、刑事さんですか？」

「お疑いなら、電話で確かめて下さい。日曜日ですが、捜査一課には誰かいますから」

「今、担架で運ばれて行ったのは、ごらんになったでしょう？」

と、助役はいった。

「ええ、見ました。死んだんですか？」

「6号車のトイレで、乗客の一人が刺されて倒れていたのが、見つかりましてね。すぐ、救急車を呼びましたが、間に合いませんでした」

「毛布がかぶせてあったので、はっきりしなかったんですが、どんな人だったんですか？」

「若い男の方です」

「警察には？」

「もちろん、連絡しました」

と、助役がいった時、長野県警の刑事や、鑑識が駆けつけて来た。

西本は、邪魔になってはいけないと、助役に今日泊まる松本市内の旅館の名前をいい、何かの時にはお役に立ちたいといって、改札口に向って歩いて行った。

雪が止んで、陽が射してきた。

改札口を出ると、北アルプスがきらきら輝やいて見えた。

松本駅を、北アルプスの見える駅というが、その通りだと、西本は思った。

駅から歩いて、五、六分のところにある、「旭館《あさひかん》」という旅館に、まず、足を向けた。

予約しておいた旅館である。

予定では、タクシーを呼んで貰《もら》って、松本市内の観光名所めぐりをしようと思っていたのだが、事件のことが気になって、その気になれなくなってしまった。やはり、休暇で来ても、刑事の気分が抜けないのだろう。

もちろん、これは長野県警の事件で、西本が関与出来ることではないと、分かってはいるのだが。

部屋のテレビをつけてみても、まだ、事件のことは報道されない。

午後五時のニュースで、やっと、事件のことが画面に出た。

しかし、まだ、くわしいニュースにはなっていなかった。

一四時〇五分に松本に着いた急行「アルプス3号」の車内で、男の乗客が刺されて殺された。この男の人は、持っていた運転免許証から、東京新宿区の和多《わだ》晴記《はるき》さん（三十歳）と考えられる。それだけしか、アナウンサーはいわなかった。

ブラウン管には、運転免許証の写真と思われる被害者の顔が映り、続いて松本駅に停車している急行「アルプス3号」が映った。

（おれも、あれに乗って来たのだ）

と、西本は改めて思った。

同じ電車の車内でそんな事件が起きているとは、全く、知らなかった。

犯人は、電車が松本に着く寸前に被害者を刺し、大騒ぎになる前に松本駅のホームから、どこかへ逃げてしまったに違いなかった。

七時を過ぎて、天竜峡に行った崎田から電話が入った。

「今、テレビのニュースを見てびっくりしているんだ。君の乗った列車で、人が殺されたんだってね」

と、崎田が、いきなりいった。

「ああ、そうだ」

「君は、刑事だから、地元の警察に協力することになるのか？」

「要請があれば協力する気でいるが、どうなるか分からないよ。なぜだ？」

「もし、そんなことが無いのなら、一日割いて、ここへ来たらと思ってね。雪の天竜峡は、想像以上に素晴らしいんだよ。一見の価値はあるからね。一緒に雪を見ながら、酒でも飲まないか？」

「君は、そこで、小説の構想を練るんだろう？」

と、西本はきいた。

「そうなんだが、雪景色を見ていたら、無性に君と飲みたくなってきてね。新天竜荘という旅館なんだ。気が向いたら来てくれないか」

　と、崎田はいい、その旅館の電話番号を教えてくれた。

　午後九時近くなって、旅館に松本署の吉田《よしだ》という中年の刑事が訪ねて来た。

「折角、観光にいらっしゃったのに申しわけありません」

　と、吉田刑事は、丁寧にいった。

「いや、構いませんよ。出来るだけ協力したいと思っています」

　西本は、相手を部屋に入れ、お茶をすすめた。

　窓の下では、また、粉雪が舞い始めている。庭の照明が当って、きらきらと輝やいて見える。

「被害者は、東京の人間だそうですね」

　と、西本の方からいった。

「そうなんです。網棚から、被害者のものと思われるショルダーバッグが見つかりました」

「何か、事件の参考になるようなものが入っていましたか？」

「いや、何もなしです。カメラ、下着、松本周辺の地図など、観光客が普通に持参するようなものしか入っていませんでした。カメラのフィルムには、まだ、何も写っていませんでした」

「被害者は、松本へ行くことになっていたんですか？」

「そのようですね。ポケットに松本までの切符が入っていました。急行券もです」

「新宿から松本までの切符ですか？」

「そうです」

「すると、あの急行『アルプス3号』に、新宿からずっと乗っていたんですね」

「それで、西本さんが、被害者を見たことがあるのではないかと思って参ったんですが」

「申しわけないんですが、被害者の顔は全く覚えていないんですよ。何しろ、車内はかなり込んでいたし、私は、1号車に友人と一緒に座っていて、岡谷に着くまで動きませんでしたからね」

「岡谷といいますと？」

「実は、その友人は飯田線の天竜峡へ行くので、岡谷までは私と一緒でしたが、岡谷が近づくと前方の車両へ移ったんです。あの列車は、前四両が飯田行ですから。その時、私も、7号車まで友人を送っていきました。しかし、6号車に被害者がいたのは覚えていませんね。いや、被害者だけじゃない。どの乗客の顔も覚えていないんですよ」

「そうかも知れませんね。誰も、まさか、車内で人が殺されるなんて、思ってもいなかったでしょうからね」

「被害者の商売は分かったんですか？　名前が和多ということは、ニュースで知りましたが」

「和多晴記です。その後、東京世田谷《せたがや》にある富士《ふじ》運送という会社で、トラックの運転をしていたことまでは分かりました」

「トラックの運転手ですか」

西本は、ちょっと意外な気がした。何となく、普通のサラリーマンを想像していたからである。

松本署の刑事は、言葉を続けて、

「今のところ、これ以上のことは分かりません。被害者は独身なので、その運送会社の人事課長が、明日早くこちらに来るといっていましたが」

といった。

翌日、西本は、松本市内を見物して廻《まわ》った。

観光客の誰もが行く、松本城や、旧開智学校《きゅうかいちがっこう》などを見て歩いた。

松本城は、黒塗りの実戦的な造りのため、烏城《からすじょう》と呼ばれている。

そのあと、足を延ばして、美ヶ原《うつくしがはら》温泉郷も見て来る予定にしていたのだが、どうしても事件のことが気になって、昼食のあとは、松本署をのぞいてしまった。

昨夜、旅館に訪ねて来た吉田刑事が、西本を迎えて、お茶をいれてくれた。

「今、被害者の会社の人事課長が来て、遺体を確認しました」

「何か、これといった話が聞けましたか？」

と、西本はきいてみた。

「よく働く従業員だったという話ですが、殺人につながるような話は聞けませんでしたね。ちゃんと休暇をとっていたそうですから、松本には観光で来たと思うんですが」

「女性関係は？」

「被害者は、長身で、なかなかいい男ですからね。人事課長も、女はいただろうといっていましたよ。だが、特定の女性の名前は知らないということで、こちらの手掛りもなしです。あとは、西本さんの東京警視庁で、被害者の周辺を調べて貰《もら》うより仕方がないとも思っているんですが」

と、吉田はいった。

西本が松本署を出ると、急に若い女性が近づいて来た。

「失礼ですけど、刑事さんですか？」

と、声をかけられた。

二十五、六歳の女だった。

化粧していない顔で、じっと西本を見つめている。

西本は、反射的に、「ええ」と肯《うなず》いてから、女がきいたのは、ここの刑事かという意味かと考えた。

「それなら、会わせて下さい」

と、女がいう。

「誰にですか？」

「彼の遺体が、ここにあると聞いて来たんです」

「遺体？　ああ、和多晴記さんのですか？」

西本がきくと、女の顔が輝やいて、

「ええ。やはり、ここなんですね？」

「あなたは、彼とは、どんな？」

「親しくしていました」

とだけ、女はいった。

西本は、彼女を吉田刑事のところへ連れて行った。

その途中で、彼女の名前が梅木《うめき》かおりと知った。どうやら、恋人だったらしい。

西本は、彼女を吉田に引き合せたあとも、その結果を知りたくて待っていた。

吉田刑事は、一時間ほどして戻って来ると、西本に向って、

「おかげで、いろいろなことが分かりましたよ」

と、いった。

「彼女は？」

「今、うちの警部が話を聞いています。今日は市内の旭館という旅館に、泊って貰《もら》うことにしました。ああ、西本さんと同じ旅館です」

「どんなことが、分かったんですか？」

「ちょっと妙なんですが、ショルダーバッグが違うというんですよ」

「ショルダーバッグというと、被害者和多晴記のバッグですね？」

「そうなんです。あの列車の網棚には、あのバッグしか余分になかったので、被害者のものだと考えたんですがね」

「彼女は、なぜ、違うといってるんですか？　下着のサイズが違うとか、ですか？」

「いや、下着は新品のMサイズで、サイズは違わないそうです。カメラが違うと、いってるんです」

「ほう」

「バッグに入っていたのは、いわゆるポケットカメラなんです。三万円ぐらいのものですかね。ところが、彼女にいわせると、被害者の和多はカメラに凝っていて、旅行に出る時は、いつもライカを持って行き、それに、望遠レンズも持っていたというんですよ」

「ライカと、望遠レンズですか」

「彼女の言葉を、そのまま、うのみには出来ないんですが、まったくでたらめをいっているとは思えないんですよ」

と、吉田刑事がいった。

「もし、ショルダーバッグが被害者のものではないとすると、犯人がすりかえた可能性がありますね」

と、西本はいった。

4

旭館に戻って、西本が、休憩室でぼんやり事件のことを考えていると、梅木かおりが帰って来た。

さすがに沈んだ表情をしている。

「お茶でも、おごりますよ」

と、西本は声をかけた。

旅館の中の喫茶室へ誘い、コーヒーをおごった。

西本も、彼女から、いろいろときききたいことがあったが、彼女の方も、誰かと話をしたい気持があったようだった。

「バッグが、和多さんのものと違っていたようですね」

と、西本が切り出した。

「ええ。カメラは、どうみても、違うんです」

かおりは、考える顔でいった。

西本は、彼女に断ってから、煙草に火をつけた。

「失礼ですが、亡くなった和多さんは、トラックの運転をやっておられたんでしょう？」

「ええ。だから、ライカを持って旅行に出るのはおかしいとおっしゃるの？」

彼女の語調に、別に咎《とが》める感じはなかった。

「カメラを集めていたといったことがあるんですか？」

「いいえ。彼は前に、友だちから借りたカメラで何気なく撮ったものが、カメラ雑誌に入選してしまったんです。それから、写真が好きになって、カメラも最高のものがいいといい、貯金をおろして中古のライカを買ったんですわ」

「なるほど」

「彼は、小型トラックの運転をしているんですけど、いつも助手席にカメラを置いておくんです。愛用のライカですね。東京の町を走っていると、時々、事件にぶつかるそうなんです」

「それを、ライカで撮るんですか？」

「ええ。新聞に彼の写真が採用されて、賞金を貰ったこともありましたけど」

「それで、旅行にも、ライカと望遠レンズを持ち歩くんですね？」

「ええ」

「たまたま、安カメラを持って来たということは考えられませんか？」

「ライカしか持っていませんわ」

「和多さんが松本へ来ることは、知っていましたか？」

「電話で聞いていました。三日で帰って来るから、楽しみにしていろっていわれましたわ」

「楽しみにね」

「ええ」

「お土産を買って帰るということですかね？」

「あまり、旅先でお土産を買って来る人じゃないんです」

「すると、写真ですかね。いい写真を撮ってくるということになるんですか？」

「私は、そう思っていましたわ」

「詰《つま》らん質問ですが、かおりさんは、なぜ一緒に来なかったんですか？」

と、西本はきいた。

「私は、お勤めしていますし、それに、今度の旅行はどうしても一人で行きたいと、彼がいっていたんです」

「どこへお勤めですか？」

「渋谷《しぶや》の相互《そうご》銀行ですわ」

「銀行ですか。彼は、ひとりで行きたいということが、よくあるんですか？」

「いいえ。改まっていうことは、めったにありませんでしたわ。でも、男の人って、ひとりになりたい時って、あるんでしょう？」

「時にはね」

と、西本は微笑してから、

「和多さんはお金を盗《と》られていないようですから、物盗りの犯行じゃない。それに、車内で大ゲンカをしたということもないでしょうね。もし、命をとられるようなケンカをしたのなら、他の乗客なり、車掌なりが、知っている筈《はず》ですからね」

「ええ」

「とすると、前々から和多さんを憎んでいた人が、同じ車内にいたのではないかと思うんですよ。何か、心当りはありませんか？」

「同じことを、松本署でも聞かれましたわ」

「それで、どうなんですか？」

「心当りがないんです」

「しかし、人間というのは、どこかで、他人に憎まれているものですよ」

「それは、分かりますけど、彼は、他の人と問題を起こすタイプじゃないんです。それに、ひとりで仕事が出来るというので、普通のサラリーマンをやめて、トラックの運転手になったくらいですから」

「人間嫌いだったということですか？」

西本がきくと、かおりは首を横に振って、

「そういうのとも違うんです。普通のサラリーマンだと、宮仕えで、上役に心にもないお世辞をいったりしなければならないでしょう？　それに、いろいろなつき合いがあったり。そういうのを面倒くさがる方だったんです。それで、ひとりで働ける運転手の道へ行ったんですわ」

「なるほどね。しかし、トラックの運転でも、上司とか運転手仲間というのがいるわけだから、トラブルが皆無ということはないと思いますがね」

西本がいった。

「彼は、いつも、トラックの運転というのは免許証さえ持っていればどこでも出来ると
いっていたんです。それに、日給月給だから、休めば給料が引かれるだけで、他の人に
申しわけないということもないから気楽だとも、いっていましたわ。だから、もし、今
の職場でトラブルがあったら、彼は、すぐ、他のところへ移ったと思うんです」

「和多さんは、お金に困っていましたか？」

「収入は、多くはありませんけど、困ってはいませんでしたわ」

「それは、お金に淡泊だったということですか？」

「お金は、誰だって欲しいと思いますわ。私だって、彼だって、お金は欲しかった。で
も、だから、殺されたとは思えませんけど」

「あなたは、和多さんと結婚することになっていたんですか？」

「ええ」

「予定は、いつ頃ということでした？」

「予定というのはありませんでしたけど、なるたけなら、それまでにマンションぐらい
自分の手に入れたいなと、いっていたんです」

と、かおりはいった。

「あなたは、なかなか魅力的ですよ」

と、西本はいった。

かおりは、ちょっと笑っただけだった。

「それで」と、西本がいった。

「あなたを勝手に好きになった男がいて、その男が和多さんを殺したということは考えられませんかね？　或《ある》いは、和多さんを好きな女がいて、その女が、かっとして彼を殺したということは考えられませんか？」

「そのことも、松本署で聞かれましたわ」

と、かおりはいった。

「心当りは、ありませんか？」

「彼に、私以外の女がいたとは思えないんです。そんな話は聞いていません。それに、私は、彼以外の男を好きにはなっていませんでしたもの」

最後の言葉を、かおりはきっぱりといった。それに、意志の強い彼女の性格が表れている感じだった。

「東京へは、いつ帰るんですか？」

と、最後に西本はきいた。

「明日、この松本で遺体を茶毘《だび》に付して、遺骨を持って帰りますわ」

と、かおりはいった。

5

翌日の午後、西本は、かおりと一緒に東京に帰ることにした。

その前に、天竜峡にいる崎田に電話をかけた。

西本が、帰京すると告げると、崎田は、

「じゃあ、こっちへは来ないのか？」

と、不満気にきいた。

「残念ながら行けなくなったよ。東京に戻ったら、遊びに来てくれ」

と、西本はいった。

「やっぱり、君は刑事だな。例の事件が気になって仕方がないんだろう」

崎田が、笑った。

その日の一五時二三分松本発の「あずさ16号」で、かおりが帰京するというので、西本も、同じ列車に乗った。

松本署の吉田刑事からは、東京で何か分かったら知らせてくれるように頼まれてもいた。

かおりは、恋人の遺骨を抱いての帰京である。

「東京に戻ったら、彼の家へ行かれますか？」

と、西本はきいてみた。

「ええ。遺骨は彼が借りていたマンションに、しばらく、置いてと思っているんです。彼は、肉親がほとんどいない人だったんです。それで、親戚《しんせき》の方と、どこのお寺に持って行ったらいいか、相談しなければなりませんし――」

「今日、一緒に和多さんのマンションへ伺っていいですか？」

「構いませんけど、なぜ？」

「松本署に頼まれましてね。和多さんのライカが本当に無くなっているか見て来て欲しいと、いわれたんです。ひょっとすると、今回の旅に限って、愛用のライカを持っていかなかったかも知れませんからね」

　と、西本はいった。

　西本が喋《しゃべ》るのをやめると、かおりは、黙って目をつぶってしまった。

　疲れたのかも知れなかった。

　或いは、目を閉じて、亡くなった恋人との思い出にひたっているのかも知れなかった。

　一八時二五分に、新宿に着いた。

　西本がタクシーをとめて、二人で死んだ和多のマンションに向った。

　四谷《よつや》三丁目近くのマンションで、1Kの小さな部屋だった。

　かおりが、遺骨を机の上に置き、途中で買い求めた花を飾っている間、西本は狭い部屋の中を見廻《みまわ》していた。

　一言でいえば、男くさい部屋である。

　机とテレビぐらいしか、目につくものはない。

　洋ダンスの代りに組立て式のハンガーかけがあり、それに革ジャンパーやズボンなどが、引っかけてあった。

ライカは、何処にもなかった。

壁には、パネルにした大きな写真が二枚かかっていた。

きれいな写真ではなかった。

一枚は、火災の写真である。昼火事である。高層マンションが火に包まれている。窓の一つから、若い女性が助けを求めているのも写っていた。

「それ、K新聞の読者の報道写真コンクールで、二席になったんです」

と、かおりが説明した。

もう一枚は、自動車事故の写真だった。

事故の直後に撮ったものだろう。くしゃくしゃになった二台の乗用車。血だらけで道路に横たわっている若い女。

「これも、そうですか？」

と、振り向いて、西本は、かおりにきいた。

「それも、同じK新聞で、今度一席になったんです。彼はそれが自慢だったんです」

「しかし、よく、二回も、こういうチャンスにぶつかりましたね？」

西本がきくと、かおりは遺骨の傍に置いた和多の写真を見ながら、

「それは、彼が車の運転を仕事にしていたからだと思いますわ。お得意の荷物を送り先に届ける仕事ですけど、毎日、都内や、近くの県を走り廻っているわけでしょう。普通のサラリーマンなんかより、ずっと、事件にぶつかる可能性は多かったと思うんです」

「そのチャンスを生かすために、いつも、ライカを助手席に置いておいたというわけですか？」

「ええ」

「和多さんは、それが好きだったんですね」

「私は、普通のサラリーマンをしてくれている方が、よかったんですけど」

と、かおりはいった。

西本は、小さな本棚に眼を移した。

中国の歴史が好きだったのか、そんな本が多い。

次に多かったのは、住宅の本だった。

『新しい住まいの設計』『坪三十万円からの新住宅』『住宅の設計と実際』といった背文字が並んでいる。他に、月刊、週刊の住宅雑誌が積み重ねてあった。

和多は、かおりとの結婚を考え、何とかして新しい住居が欲しかったのかも知れない。

それなのに、和多は殺されてしまった。

さぞ、無念だったのではないか。

「和多さんと、土地を買って、家を建てるような話をしたことがありますか？」

と、西本はきいてみた。

「なぜですか？」

かおりがきき返した。

「ここに、住宅のことを書いた本や雑誌が一杯あるからですよ。しかも、本も、雑誌も、最近のものが多いですからね」

西本がいうと、かおりは目をしばたいて、

「そりゃあ、結婚して、新しい住宅に住むのは夢ですもの。二人でよく話しましたわ。私も、彼も、動物が好きなんです。でもここでも、私が今借りてるアパートでも、飼えないんです。だから、早く自分の家を持って、好きな猫を何匹も飼いたいと、話していましたわ」

「猫が好きなんですか？」

「ええ。私も彼もですわ。仔猫《こねこ》が捨てられてると、拾って帰って飼いたいと、いつも思うんですけど、飼えなくて」

「そういえば、ここに猫の置物がありますね」

西本は、本棚の上に並んでいるガラス細工の猫に眼をやった。

小さな猫が七匹並んでいる。親が一匹いて、そのあとに仔猫が六匹、並んでいる感じだった。

「私が贈ったんです」

と、かおりがいう。

「具体的な話は、なかったんですか？」

「何のですか？」

「近く、家を買うとか、土地が買えそうだとかいう話です」

「そんなお金は、ありませんわ」

「しかしねえ。土地が手に入りそうだという予定がないと、こんなに住宅の本を買わないんじゃないかと思いますがね。全く当てがない時は、買っても仕方がないから。私なんか、当てがないので買いませんよ」

「彼にそんな当てがあったとは思えませんわ。彼は肉親に恵まれていなかったし、私だって同じなんです。お金持ちの親戚でもいれば別ですけど、そんな親戚はありませんでしたわ」

かおりは、肩をすくめるようにしていった。

それは、西本にもよく分かっている。和多が死んでも、駆けつけたのは恋人のかおりだけだからである。

「本当に、なかったんですか？」

西本は、改めてきいた。

「ええ。私は聞いていませんわ」

と、かおりはいった。

6

翌日、西本は、休暇を終えて出勤した。

「松本では、殺人事件に巻き込まれたそうだね」

と、上司の十津川《とつがわ》警部が、声をかけた。

「松本署から、協力のお礼の電話があったよ」

「結局、何の役にも立ちませんでした」

「殺人の動機も、分からないのかね？」

「被害者の財布は盗まれていなかったので、物盗りの犯行とは思えないんです。しかし、写真好きのトラック運転手を殺すというのは、どんな動機が考えられるだろうかと思ってしまいます」

「被害者の名前は、和多だったね？」

「和多晴記です」

「君は、しばらく、その男の周辺を調べてみたまえ」

「は？」

「松本署でも、犯行の動機は東京にあるんじゃないかと思っているんだ。それで、引き続いて捜査の協力を求めている。君は、この事件の最初から知っているんだから、適任だよ」

「分かりました」

「何か分かったら、松本署の吉田刑事に連絡してくれといっている。向うで君と話をしたといっていたよ」

「そうです。調べて何か分かったら、吉田刑事に知らせます」

と、西本はいった。

彼は、和多が、たびたび写真を投稿していたK新聞社に行ってみることにした。和多のことを何か聞けるかも知れないと、思ったからである。

有楽町《ゆうらくちょう》にあるK新聞に着くと、「読者の報道写真」の担当をやっている沼田《ぬまた》というデスクに会った。

「和多さんなら、何回も会っていますよ」

と、沼田はいってから、眉《まゆ》をひそめて、

「殺されたというのはショックでしたねえ」

「彼は、写真を送ってくる常連だったわけですか？」

と、西本はきいた。

「ええ。それも、優秀なね」

「最近も、送って来ていましたか？」

「最近は、なかったですね。それで、電話をかけてみたんですよ」

と、沼田はいった。

西本は、目を光らせて、

「それ、いつですか？」

「先月の五、六日頃だったと思いますね」

「その時、どんな話をしたんですか？」

「常連の写真が見られないので寂しいと、いったんですよ」

「そうしたら、彼は何といいました？」

「いい写真が撮れたので、すぐ、送りますよと、和多さんは弾んだ声でいいましたね」

「その写真は、送って来たんですか？」

「いや。ぜんぜん、送って来ないんですよ」

「それで？」

「もう一度、電話してみましたよ。和多さんの写真は、どきっとするのが多いので、どんなものか見たかったですからね」

「彼は、どういいました？」

「それが、妙なんですよ。現像の段階で失敗してしまって、折角の写真が台無しになってしまったと、いうんです」

「しかし、和多さんは、もう、何年も写真をやっているんでしょう？」

西本は、1Kのマンションの押入れを利用した暗室を思い出した。器具は、全部揃っていた。

「だから、おかしいんですよ」

と、沼田がいう。

「じゃあ、和多さんは、嘘をついたんでしょうか？」

「と、思いますよ。ただ、どっちの嘘か、分かりません」

「と、いうと？」

「最初から、そんな写真はなかったのに、僕が電話したので、つい、和多さんはあるなんていってしまったのか、それとも、その写真は実際にあったのに、何か事情があって、僕に見せたくないと思い、嘘をついたのか、どちらだろうかと考えているんですがね」

「沼田さんは、どちらだと思っているんですか？」

「電話の時、彼は、とても、弾んだ声でした。いい写真があるから、すぐ、送るといったんですよ。僕の勝手な思い込みかも知れないが、嘘をついていたとは思えないんですよ」

「すると、いい写真というのはあったと思うんですね？」

「ええ。あの声に嘘はなかったと思いますからね。しかし、和多さんは、なぜ、気が変ったのかな。それが、分からない」

「どんな写真か、想像がつきますか？」

と、西本はきいた。

「和多さんが今まで送って来たものを考えれば、大体の想像は出来ますよ。彼は、きっと、車を走らせている間に何かの事件にぶつかって、それを写真に撮ったんだと思いますよ。今までの作品がそうでしたからね。火事、自動車事故、或《ある》いは殺人現場か、とにかく、強いインパクトのある事件を写真に撮ったんでしょうね」

「これから、一緒に和多さんのマンションへ行って、その写真を探してみませんか？　もし、あなたの想像が正しければ、あるかも知れませんからね」

西本がいうと、沼田は肯《うなず》いて、

「そうですね。僕も、どんな写真だったのか見てみたいんですよ。きっと、迫力のある写真だろうと思いますね」

7

西本は、沼田を連れて、もう一度、和多晴記のマンションを訪ねた。

かおりは、まだいたが、目をこすっている。彼の遺骨の前で眠ってしまったのだといった。

西本は、彼女に沼田を紹介し、写真のことを話した。

かおりは聞き終ると、

「その写真が見つかったら、彼を殺した犯人が誰か、分かるんですか？」

と、西本を見つめた。

「分かりませんが、或いは分かるかも知れません」

「それは、どんな写真ですって」

「それも、分からないんです。多分、何かの事件を写したものだとは思うんですがね。火事か、交通事故か、殺人か、とにかく、和多さんは、どきどきするような現場にぶつかって、いつものライカで写真を撮ったんだと思いますよ」

「和多さんは、それらしい話をしていませんでしたか？」

と、西本が、かおりにきいた。

「いつ頃でしょうか？」

「先月の五、六日頃には、写真が出来ていたと思うんですがね」

と、沼田がいった。

かおりは、じっと考えていたが、「そういえば」と、呟《つぶや》くようにいった。

「丁度、その頃、いい写真が撮れたって、彼がいったことがありましたわ」

「どんな写真が撮れたか、彼に聞きましたか？」

「いいえ。どうせ、新聞社に持って行って、読者の報道写真として載ると思ったからですわ。その時、知らない方が、楽しみが大きいと思って」

「そのあと、現像に失敗して、折角の写真が駄目になったという話は聞きましたか？」

「いいえ。ぜんぜん」

「先月の五、六日以後、彼に何か変ったことはありませんでしたか？」

と、西本がきいた。

「どんなことでしょうか？」

「急に、怒りっぽくなったとか、金廻《まわ》りがよくなったとか、どんなことでもいいんですよ」

「怒りっぽくもならなかったし、お金が急に入ったこともありませんわ。いつもの彼でしたわ」

「何の変化も、なかったんですか？」

「一つだけ、変化といえるかどうか、分かりませんけど――」

「いって下さい。どんなことでもいいんです」

「そこに、住宅の本や雑誌があるでしょう。雑誌の方は前から買っていたんですけど、本の方は、考えてみると先月から急に買い集めていたような気がしますわ」

と、かおりがいった。

西本は、改めて本棚にある住宅の本を眺めた。

実用的な本が多い。具体的なと、いってもいいだろう。

それに、プレハブ住宅のパンフレットも、各社のものが揃えてあった。封筒に入ったままのもあった。和多宛《あて》の封筒になっているから、彼が注文して送って来たのだろう。

「和多さんは家を建てる気でいたんですかね？」

沼田が、プレハブのパンフレットの一枚を手に取ってから、西本にきいた。

「そんな感じがしますがね」

「お金がありませんわ」

と、かおりがいった。

「本当になかったんですか？」

西本がきいた。

「ええ。預金だって百万以下で、家や土地を買いたくても、頭金さえなかったんです。だから、彼は、家を買いたいとは思っていたでしょうけど、無理でしたわ」

「その百万以下の預金は、何処の銀行ですか？」

「この先のM銀行ですけど」

「ちょっと、行って来ます」

と、西本は立ち上った。

交叉点《こうさてん》の脇に、M銀行があった。西本は警察手帳を見せ、和多の預金額を聞いた。

西本が刑事ということで、支店長が、わざわざ、出て来て説明してくれたが、和多の預金額は十四万六千円だった。

他の名前の預金はないかときいてみたが、ないという。

西本は、当てが外れた気持で、和多のマンションに戻った。

今度は、M銀行以外に預金をしているのではないかと思って、通帳を探したが見つからなかった。

かおりは、一応、手伝ってくれたが、

「彼に、そんな余分なお金があったとは思えませんわ」

と、西本にいった。

「しかし、いい写真が撮れたといっていて、急に、それが駄目になったといったり、住宅についての本を買い集めたりしたというのを併せて考えると、一つの結論に到達するんですよ」

と、西本は、かおりにいってから、沼田に向って、

「交通事故の生々しい写真といったものは、新聞社として、お金を出して買うことがあるわけでしょう？」

「ええ。特ダネになるような写真なら、買いますよ」

「いくらぐらいですか？」

「それは、写真によりますがね。例えば、飛行機の墜落事故で、寸前の写真が一枚しかなければ、その写真に、百万でも、二百万でも出しますよ。それに、最近は写真週刊誌が増えましたからね。うちは関係ありませんが、もし、有名タレントのスキャンダル写真なら、いい値段がつくんじゃありませんか」

「和多さんが撮ったのが、有名タレントのスキャンダル写真だった可能性はどうですか？」

「まず、ありませんね」

と、沼田はいった。

「すると、やはり、交通事故とか、火災の写真ですかね？」

「と、思いますよ」

「すると、写真雑誌に高く売るというふうにはいきませんね」

「買うところがあるとすれば、新聞か、週刊誌でしょうね」

「それなら、沼田さんのところに売った方が一番高く売れますか？」

「と、思いますよ。これまでのことがあるから、私が上の方に話をして、なるべく、高く買い取るように交渉しますからね」

「だが、和多さんは、今度の写真に限って、K新聞には持っていかなかった」

「しかし、僕も気になって、最近の他の新聞や、週刊誌を見ていましたがね。あっと驚くような写真は、何処にも載りませんでしたよ」

沼田は、首をかしげた。

「それなら、問題の写真は、まだ、この部屋にあるのかも知れませんね。他に売ろうとして、うまくいかなかった可能性がある」

と、西本はいった。

三人は、手分けをして、問題の写真を探すことにした。

机の引出し、押し入れ、本棚の本のページの間、天井まで探してみた。

1Kの狭い部屋である。

一時間もしたら、部屋の隅々まで探しつくした。が、見つからなかった。

「そんな写真は、なかったんじゃありませんの？」

と、かおりが、疲れた顔でいった。

西本は、しばらく、部屋の中を見廻《まわ》していたが、

「いや、あったんですよ。なければ、和多さんが、急に、家を建てることに熱心になったり、松本行の列車の中で、殺された理由が分からなくなってきます。それに、バッグごと、カメラが盗まれた理由の説明がつかない」

8

西本は、警視庁に戻ると、先月の五日、六日頃に都内で起きた事件を調べてみた。殺人事件の他に、火災、交通事故などである。

和多は、先月の五日、六日か、或《ある》いは、その少し前に、小型トラックで走っていて何か事件にぶつかり、それを愛用のライカで撮ったに違いないのである。

西本の推理では、最初、それをK新聞の沼田に渡そうとした。

しかし、そのあとで、他に持って行けば大金が稼げると考えたのだ。和多にはかおりという恋人がいて、自分の家を持ち、結婚したいと考えていた。

そこで、問題の写真を金に換えて、それを頭金にして、自分たちの家を建てようとした。

火事の現場や、交通事故の写真が、普通なら何百万円にも、売れる筈《はず》がない。千万単位となれば、なおさらである。

（ゆすり）

という言葉が、すぐ、西本の頭に浮んだ。

それなら、大金が手に入るかも知れない。

そして、ゆすられた相手が、逆に和多を殺したということもである。

先月の三日の夜、三鷹《みたか》で火事があった。

新興住宅地の一角で、二階建の一棟が全焼し、焼け跡から女性の焼死体が発見された。片山今日子《かたやまきょうこ》、二十八歳で、新宿の銀行に勤めるＯＬだった。

この家の持主は、定年を迎えたサラリーマンの夫婦で、二階を独立した部屋にし、片山今日子に貸していたのである。

その夫婦が、郷里の熊本へ帰っている間の火事だった。

放火の疑いもある火事だったが、未《いま》だに、それらしい犯人は見つかっていない事件である。

深夜の午前一時に起きた火災なので、放火にしても目撃者が見つからなかった。もし、放火なら、焼死した片山今日子も気絶させておいて放火した、殺人の疑いも残っているのである。

西本は、次に和多の働いていた運送会社に行き、先月三日から四日にかけての勤務日誌を見せて貰《もら》った。

西本の予感は、当っていた。

和多は、三日の午後十時から四日の朝六時にかけて、深夜勤務についていたこと、四日の午前一時頃には、現場付近を走った可能性があることが分かった。

もし、この火事が放火だとしたら、和多が車の中からライカで狙って撮ったとき、そこに、犯人が写っていたのではないのか。

最初は、それに気付かずにK新聞に持って行こうとした。が、放火犯人が写っているのに気付いて、写真をゆすりに使おうとしたのではないのか。

西本は、その考えを、十津川警部に話した。

「それは、面白いね」

と、十津川はいった。

「松本署の吉田刑事にも、さっき電話して話したんですが、彼も関心を示してくれました」

「問題が、一つあるね」

「何でしょうか？」

「和多晴記が、放火現場で写真を撮り、その中に、偶々《たまたま》、犯人が写っていたことになる。その人間を、脅迫したことになるだろう？」

「そうです」

「その人間の名前や、住所を、どうやって、和多は知ったのかね？　最初から知っている人間なら別だが」

「そうですね。和多は、そのあと、仕事を休んでいませんから、自分で調べたとは思えません」

「誰かに、調べて貰ったのかな？」

「と、思いますが」

と、西本はいった。

翌日、その答らしいものが見つかった。

浜野《はまの》健一《けんいち》という私立探偵が、石神井《しゃくじい》公園の自宅付近で、何者かに殺されるという事件が起きた。

夜十一時過ぎで、飲んで、酔っ払って帰宅途中でのことだった。

十津川が、この事件を担当したのだが、捜査を始めてすぐ、被害者の浜野が、最近、片山今日子のことを調べていたこと、また、その調査依頼をしたのが、和多晴記だと分かった。

十津川は、すぐ、西本を捜査のグループに入れることにした。急行「アルプス3号」の中で起きた殺人事件と、今度の私立探偵殺しが結びついたからである。

「ひょっとすると、三鷹の事件とも、結びついてくるかも知れない。あれが放火で、焼死したと思われている片山今日子も、殺されたことになってくる」

と、十津川は、西本にいった。

「和多は、自分の写真に写っている人間が放火犯だと考えたんだな」

と、ベテランの亀井《かめい》刑事がいった。

「死んだ片山今日子と関係のあった人間と睨《にら》んで、私立探偵の浜野に、彼女の周辺を洗ってくれるように、頼んだんだろうね。そして、和多の写真に写っている人物の名前が分かったんだ。そしてゆすったんだな」

「浜野の作った調査報告書が見つかれば、犯人の目星がついて来ますね」

「ところが、新宿西口の彼の事務所が荒らされて、報告書は失くなっているんだよ」

と、十津川がいった。

「浜野を殺した犯人が盗んでいったということですか？」

西本がきいた。

「他には考えられないよ。しかし、犯人はバカなことをやったものだ」

と、十津川はいった。

「なぜですか？」

「たった一人の私立探偵が、片山今日子の周辺から見つけ出せた人間を、われわれが見つけ出せない筈がないじゃないか。もちろん、和多の撮った写真はないから、この人間と限定は出来ないが、何人いても一人ずつ当っていけば、自然に犯人は浮び上ってくるよ。この捜査は、カメさんと君にやって貰うよ」

と、十津川はいった。

9

亀井と西本は、片山今日子の働いていた新宿のS銀行新宿支店に行き、支店長に会った。

「前にも私立探偵の人が、うちの行員に片山君のことを、根掘り、葉掘り、聞いていきましたよ」

と、支店長は二人にいった。

「片山さんのどんなことを、その私立探偵は聞いていったんですか？」

亀井がきいた。

「男関係です」

と、支店長はいう。

(和多の写真に写っていた人間は男だったんだな)

と、西本は思った。

「片山さんに、恋人はいたんですか？」

亀井がきいた。

「私には分かりませんが、女性の同僚の中には、片山君が男と歩いているのを見たという者もいますよ」

「その人に会いたいですね」

と、西本がいった。

二十五、六歳の行員が呼ばれた。

彼女も、私立探偵が来て片山今日子の異性関係についてきかれたといった。

念のために西本が浜野の写真を見せると、簡単にこの人だったと肯《うなず》いた。

「それで、片山さんの恋人を、あなたは見たそうですね？」

と、亀井がきいた。

「ええ。偶然、休みの日に鎌倉《かまくら》で会ったんです。声をかけようとしたら、男の人が一緒でしたわ」

「どんな男でした？」

「若くて、背が高くて、ハンサムでしたわ」

「名前なんかは、分かりませんか？」

「ええ。そのあとで、彼女に会ったとき、あの人、誰なのって聞いてみたんです」

「そうしたら？」

「名前は教えてくれませんでしたけど、彼女は得意そうに、彼は一流商社に勤めているエリート社員で、私より一つ年下だっていってました」

「一流商社ね」

「それで、どこの商社って、一つ一つ、商社の名前をいってみたんですわ。私が、何番目かに日々商事っていったら、片山さんはその会社だって――」

(日々商事？)

聞いている西本の顔に、一瞬、狼狽《ろうばい》の色が走った。

友人の崎田の顔を思い出したからだった。

年齢も、二十七歳なら一致している。

「モンタージュを作りたいから、協力してくれませんか」

と、亀井が、その女子行員にいった。

銀行が終ってから、彼女に捜査本部に来て貰って、モンタージュ作りが行われた。

出来れば、崎田であって欲しくないと、西本は思った。

日々商事は大会社である。二十七歳の男子社員といっても、何十人といるに違いない。

そう考えていたのだが、出来あがったモンタージュは、まぎれもなく崎田の顔だった。

何も知らない亀井が、西本に向って、

「明日、これを持って、日々商事に行ってみようじゃないか」

「その必要は、ありません」

と、西本はいった。

亀井は、びっくりした顔になって、

「君は、この男を知っているのか？」

「名前は、崎田です。私と同じ大学を出て、日々商事に入社した男です」

「大学のね。自宅は知っているかね？」

「知っています」

「じゃあ、すぐ、会いに行こうじゃないか」

「しかし、彼は犯人じゃありませんよ」

「犯人じゃないって、どっちのだ？　片山今日子殺しの方かね？　それとも、和多晴記殺しの方かね？」

「その二つの事件は、同一犯人の犯行だと思うんです。私立探偵の浜野を殺したのもです」

「その点は、同感だよ」

「実は、私が松本へ行った時、崎田は同じ列車、急行『アルプス3号』に乗っていたんです」

西本は、その間の事情を亀井に説明した。

岡谷で列車が分れて、崎田の乗った四両は飯田行の急行「こまがね3号」として、先に出発したこともである。

「従って、崎田に和多晴記は殺せなかった筈《はず》なんです。崎田が和多を殺してなければ、他の二件の犯人でもないと思うのですが」

「崎田は、本当に和多を殺せなかったのかな？」

「時間的に無理です。列車は岡谷から分れて、彼の乗った四両は辰野から飯田線に入ってしまいますから」

「しかし、先に出発したんだろう？」

「そうです。私や、和多晴記の乗っている七両より、三分早く出発しています」

「それなら、次の停車駅で降りて、引き返して、君や和多晴記の乗っている車両に乗り込むことは出来たんじゃないかね？」

「それは、無理です。崎田の乗った『こまがね3号』の次の停車駅は辰野で、到着は一三時四五分です。一方、私や和多の乗った『アルプス3号』は、一三時四七分に次の塩尻に着きます。二分しかありません。辰野と塩尻の間は十八キロはありますから、とうてい無理です」

「それなら、新宿から岡谷までの間で殺したのかも知れない」

「それも、あり得ません。岡谷まで崎田は、ずっと、私の隣りに腰を下していて動かなかったんです」

「トイレにも行かなかった？」

「ええ。そして、岡谷に着く少し前に、一緒に前方の車両の方へ歩いて行ったんです。岡谷で切り離されてしまいますからね。8号車から11号車までが飯田行になるからです。私は、7号車の端まで行き、彼が8号車の方へ入って行くのを見送ったんです。だから、岡谷へ着くまでは、殺すことは不可能ですよ」

「じゃあ、こういうのはどうだ。崎田は、君のいう通り、8号車から11号車の『こまがね3号』の方へ乗り移った。そして、岡谷に着いた。だが、崎田は、そのまま乗って行かずに、岡谷で降りたんだ。そして、切り離しが行われている間に、ホームを走って、松本行の七両の方に乗り込んだ。どうだね？　これなら、崎田は和多が殺せるだろう？」

「それも、無理ですね」

「なぜだ？」

「崎田の乗った『こまがね3号』が岡谷を発車したのを見送ってから、私は、自分の席のある1号車、つまり、一番端の車両まで歩いて戻ったんです。全部の車両を見たことになりますが、崎田はいませんでした」

「それは、本当だろうね？」

「相手が友人だからといって、かばったりはしません」

「それで、崎田は何処へ行ったのかね？」

「飯田線の天竜峡です」

「本当に天竜峡へ行ったのかな？」

「彼の泊った旅館へ電話して確認しましたから、間違いありません」

と、西本はいった。

「君がそれほどいうのなら信用するが、しかし、今のところ、崎田以外に犯人らしき人物が浮んで来ないからね」

「私が、今夜、崎田に会って来ます。少しでも怪しいところがあれば、カメさんに報告します」

と、西本はいった。

10

午後十時近くに、西本は、崎田のマンションを訪ねた。

十一階建のマンションの七階にあった。２ＬＤＫのゆったりした間取りだった。

「いい部屋だね」

西本は、羨望《せんぼう》の思いを込めて、崎田にいった。

「無理して、買ったんだよ」

と、崎田はいい、貰《もら》いものだというレミーマルタンで水割りを作ってくれた。

「この時間なら、飲んでもいいんだろう？」

「一杯だけ、貰うよ」

と、西本はいった。

崎田は、上機嫌のように見えた。

「天竜峡へ行ったおかげで、小説の書き出しが出来て、目下、いい具合に筆がすすんでいるんだ」

「そりゃあ、よかった」

「出来たら、N誌の懸賞小説に応募する積りでいる。もし、当選したら会社を辞めるかどうか、改めて考えることにした。今、辞めるのはよすことにしたよ。君にも心配をかけたがね」

「そうか」

と、いってから、西本は水割りを口に運んだ。これから、あまり愉快ではない話をしなければならない。

「君は、片山今日子という女性を知っているだろう？　銀行で働くＯＬで、三鷹《みたか》に住んでいた女性だ」

西本がきくと、崎田は、探るような目で見返してから、

「調べたんだろう？」

「ああ、ある理由があって調べた」

「それなら、隠しても仕方がないな。つき合いはあったよ。恋人だったといってもいい。彼女があんな死に方をしていなければ、今でもつき合っていたと思うよ」

「あの火事が、放火だという説があるのを知っているかい？」

「ああ、知っている」

「君は、どう思うんだ？」

西本がきくと、崎田は、煙草に火をつけてから、

「分からないねえ」

「ところで、君と一緒に、『アルプス3号』に乗った日のことだが、和多という男が車内で殺されたのは覚えているだろう？」

「ああ、覚えているよ。しかし、僕には関係のないことだ」

「かも知れん」

「かも知れんというのは、どういうことだ？」

「まあ、聞けよ。この和多という男だが、調べていくと面白いことが分かった。君にも、関係のあることなんだよ。和多は、なんと、片山今日子のことを、浜野という私立探偵に調べさせていたんだ」

「しかし、なぜ、そんなことをしていたのかね？」

「そこまでは、分からん」

と、西本は、わざといった。

「分からないのか」

「だが、奇妙なことに、片山今日子のことを和多に頼まれて調査していた私立探偵の浜野は殺されたし、頼んだ和多も殺されてしまった。君だって、奇妙だと思うだろう？」

「まあね。しかし、だから、どうなのかということは、僕には分からないがね」

「君は、本当に和多という男を知らないのか？」

「列車の中で、殺されていた男のことか？」

「そうだ。運送会社に勤め、トラックを運転している男だよ」

「会ったことはないね。嘘だと思うんなら、調べてくれてもいいよ。全く、知らないんだ」

「君は、カメラを持っているか？」

西本がきくと、崎田は笑って、

「カメラぐらい、持っているよ」

「ライカは？」

「ライカは欲しいが、僕のはポケットカメラさ」

「天竜峡の写真も、撮って来たんだろう？」

「もちろんさ。小説を書くときに必要だからね。見せようか？」

「見たいね」

と、西本はいった。

崎田は、奥からアルバムを持って来た。

西本が、受け取って、ページを繰っていく。全て、雪の天竜峡の写真だった。

崎田が泊った旅館の写真もあった。旅館の女将《おかみ》さんと一緒に写っている写真もある。

「これ、借りてって、いいかね？」

と、西本はきいた。

「僕が、本当に天竜峡へ行ったかどうかということかい？」

崎田が、ニヤッと笑う。

「ああ、そうだ。ネガもあったら、見てみたいんだが」

「いいとも」

崎田は笑顔でいい、ネガを持って来た。

（自信満々だな）

と、西本は思った。

そのことが、崎田の無実を証明しているようにも思えたが、その一方で、アリバイを作っておいて殺人を犯したのではないかという疑いを、西本に持たせたのも事実だった。

西本は、アルバムとそのネガを持って、捜査本部に帰った。

亀井に崎田の話を伝え、写真を見せた。

「この旅館に問い合せても、崎田は、ちゃんと泊ったという返事が、戻って来るんだろうね？」

亀井は、写真を見ながら、西本にきいた。

「問題の日に、ちゃんと泊っています。しかし、電話で問い合せたところ、崎田が旅館に入ったのは、午後五時半頃だったということです」

「崎田が、『こまがね3号』に乗って天竜峡に向ったとすると、何時に着くのかね？」

「飯田で乗りかえですが、それでも、一六時一一分に天竜峡駅に着くことになっています」

「すると、そのまま、すぐ、旅館には行かなかったということか」

「そうですね。改めて崎田にきいたら、景色が余りにも素晴らしいので、見て廻《まわ》ってから旅館に入ったんだと、いっていました」

「そういうだろうね」

「嘘をついているという証拠はありません」

と、西本はいった。

「君は、君の友人が無実だと、信じているのかね？」

「今のところはです」

「しかし、引っかかるねえ。特に君を、『アルプス3号』に乗るようにすすめたことがね」

亀井は、考えながらいう。

「しかし、崎田は、私に相談したいことがあるから一緒に乗ってくれないかといったんです」

西本は、自然と、崎田のために弁護する姿勢になっていた。

「それで、列車の中で、何を君に相談したのかね？」

「宮仕えが嫌になったので会社を辞めたいといっていました。彼は、もともと、文学青年で、小説を書きたかったそうです」

「そんなことを、なぜ、君に相談したんだろう？　大学時代、親友だったのかね？」

「特別に親友だったわけじゃありません。私は、もっぱら、運動に精を出していて、彼は文学の方でしたから」

「そんな君に、なぜ、相談したのかね？」

「分かりません。たまたま、私と会ったからじゃありませんか」

「もし、君が、警察を辞めたくなったら、たまたま会った昔の友人に相談するかね？」

「いえ。自分で決めますね」

「そうだろう。崎田の言葉はどうも不自然だよ」

「すると、カメさんは、崎田が、私をアリバイ作りに利用したというんですか？」

「その可能性もあるだろう」

「それは、ありますが――」

西本の顔が、暗くなった。

考えたくはないが、亀井の言葉にも一理あるのだ。

確かに、崎田の話には不自然なところがある。

人生の大事なら、列車の中などでなく、もっと落ち着いた静かな場所で相談すべきだろう。逆に、簡単な相談ごとだったのなら、何も、西本の乗る列車を限定することもない筈《はず》である。電話で話してもいいのだ。それに、崎田には和多を殺す動機もある。

(崎田が、犯人だろうか？)

もし、そうなら、西本にとって二重に腹立たしい。二重に残念なことだった。

大学時代の友人が犯人だということの他に、その友人が自分をアリバイ作りに利用したことに腹が立ち、なさけなくなるのだ。

「西本君」

と、急に十津川に呼ばれた。

「カメさんと一緒に、もう一度、松本へ行って来たらどうだね?」

「もう一度ですか?」

「そうだよ。君は、今、友人が犯人かどうか、迷っているんだろう?」

「そうです」

「それなら、とことん調べて、納得して来た方がいい。君が、崎田という友人と乗った急行『アルプス3号』に乗って、行って来たまえ」

と、十津川はいった。

11

翌日、西本は亀井と二人、新宿駅から急行「アルプス3号」に、乗った。

この前と同じように、1号車の切符を買って、二人は並んで腰を下した。

亀井は、時刻表を広げて熱心に見ていて、西本が話しかけても生返事しか戻って来なかった。

今日はウイークデイなので、車内は、この間より空《す》いていた。

甲府に近づくと、同じように窓の外は白一色の雪景色になった。粉雪も舞い始めた。

亀井は、ずっと、時刻表を見ていたが、急に顔を上げて、

「今日は、私が、崎田の代りをやるよ」

「というと、岡谷で『こまがね3号』に乗るわけですか?」

「ああ。そうすれば、何か分かるだろう」

「そうなるといいですが」

「分かるさ」

と、亀井はいった。

岡谷が近づくと、亀井が、先に座席から立ち上った。

「一緒に行こうじゃないか。事件の日と同じように」

と、亀井がいう。

二人は、先頭車の方向に通路を歩いて行った。

「君も、あの時と同じように行動するんだ」

と、歩きながら、亀井がいった。

7号車のところで、西本は、立ち止まった。

亀井は、軽く手をあげてから、8号車の方に入って行き、すぐ、見えなくなった。

岡谷に着く。

すぐ、切り離しの作業が始まった。この間と、全く同じである。

三分後には、先頭の四両が切り離され、急行「こまがね3号」として、先に岡谷駅を出て行った。

西本の乗っている「アルプス3号」の七両も、岡谷駅を出発した。

西本は、7号車から、自分の席のある1号車に戻った。が、亀井の言葉があったので、一両ずつ、ゆっくり見て廻った。

亀井は、崎田が岡谷で降りて、ホームを走り、1号車から7号車までの間に乗って来ていたのではないかといったからである。

しかし、亀井の姿は、何処にもなかった。

ほっとして、西本は、1号車の自分の席に戻って腰を下した。

雪は、少し激しくなっている。この分だと、松本の街はかなりの積雪になっているだろう。

列車は塩尻《しおじり》に停車したあと、終点の松本に着いた。

西本が、席から腰を上げた時、車掌が近づいて来た。

「西本さんですか？」

と、車掌がきく。

「そうですが」

「亀井さんからの伝言です。6号車のトイレを見るようにということです」

「それだけ？」

「そうです」

車掌は、さっさと、他の車両へ行ってしまった。

西本は、通路を6号車に向って駆け出した。

6号車に着いて、トイレをのぞいてみた。

最初は何も目につかなかったが、よく見ると、壁の上の方に小さな紙がセロテープで貼りつけてあるのに気がついた。
はがして手に取ってみると、亀井の字で、
〈西本君。彼は、殺せたんだよ〉
と、一行、書いてあった。

12

（カメさんは、何処にいるんだろう？）

西本は、すでに乗客の降りてしまった車内を眺め、それから、ホームに目をやった。

その目に、亀井の姿が入った。

西本は、あわてて、ホームに飛び降りた。

亀井は、ニヤニヤ笑いながら、

「伝言は、見てくれたようだな」

「見ましたよ。しかし、カメさんは、なぜ、ここにいるんですか？　車で追いかけて来たんですか？」

と、西本は、首をかしげてきいた。

「この雪で、道路は車が立ち往生しているよ」

「しかし、岡谷でホームに降りて、こちらの『アルプス3号』に乗り換えたわけじゃないでしょう？　7号車から1号車に戻る時、カメさんの言葉が気になったから、よく見たんですが、乗っていませんでしたよ」

「当然さ。乗っていなかったもの」

「じゃ、いつ、6号車のトイレにあの紙を貼りつけたんですか？」

「それを説明しよう。ホームにいたんじゃ寒いな」

亀井は、西本を誘って駅の外に出ると、近くにある食堂に入った。

温かいラーメンを注文しておいてから、亀井は、時刻表を取り出した。

「岡谷に近づいた時、私は、君と一緒に席を立って、8号車の方に移った。だが、飯田までは乗って行かなかった。一番先頭の11号車まで歩いて行って、君の視界から見えなくなったところまで行き、列車が岡谷に着くとすぐ、ホームに降りてしまったんだ」

「しかし、私のいる方に乗っては来なかったんでしょう？」

「ああ、切り離しの作業が行われている時、私は、ホームの売店のかげに身をかくしていた。君から見えないようにね。そして、『こまがね3号』と君の乗った『アルプス3号』が出発して行くのを見守っていたのさ」

「じゃあ、岡谷のホームに取り残されたわけですか？」

西本がいうと、亀井は笑って、

「取り残されたというのは、あまり、いい表現じゃないね。私は、次の列車を待ったんだ。時刻表を見てみたまえ。君の乗った『アルプス3号』は、一三時三七分に岡谷を出発した。その四分後の一三時四一分に、松本行の特急『あずさ9号』が到着する。私は、これに乗ったんだ。『アルプス3号』は、次の塩尻に一三時四七分に着くが、発車は一三時五四分だよ。一方、私の乗った『あずさ9号』は、塩尻に一三時五一分に着くが、『アルプス3号』が、五四分まで停車しているので、私は、乗り込めたんだよ。そして、6号車のトイレに、あの紙片を貼りつけたんだ。セロテープは車掌に貰《もら》ったんだ」

「とすると――」

西本は、急に気が重くなった。

「そうだよ。君には気の毒だが、崎田は和多を殺すことが出来たんだ。今日、私がやった方法でね。崎田は和多にゆすられていたんだと思う。三鷹《みたか》の殺人放火の現場で、写真を撮られてだよ」

「――――」

「そこで、崎田は、一つのトリックを考えた。松本行の『アルプス3号』の中で殺すトリックだ。ただ、そのためには、彼のアリバイ作りに協力してくれる証人が必要だ。そんな時、たまたま、君に会い、君が松本へ行くことを知った。刑事なら、これ以上の証人はない」

「そうでしょうね」

西本は、小さな吐息をついた。

「崎田は、和多に、こういったんだと思う。都内で金のやりとりはしたくない。だから、列車の中でやろうとね。『アルプス3号』に乗り、塩尻を過ぎたら、6号車のトイレの近くに来て、待っていてくれ。自分は現金を持って行くから、そこで、問題の写真と引き換えようとだ」

「――――」

「崎田は、君と、『アルプス3号』に乗った。そのあとは、今日、私がとったと同じ行動を、崎田も、とったんだ。岡谷で降り、次の『あずさ9号』で、塩尻で追いついた。6号車のトイレの前で待っていた和多を殺して、トイレに押し込んだ。塩尻から松本まで、わずか、十一分だ、すぐ着く。松本に着くと、崎田は、和多のショルダーバッグを持って、素早く降りて姿を消した。崎田は、代りに自分のショルダーバッグを置いておいたんだ」

「天竜峡の旅館に着いたのが、おくれたのは当然ですね」

「ちょっと、警部に電話してくる」

亀井は、箸《はし》を置いて立ち上ると、店の電話を借りて、東京の十津川警部に連絡を取った。
五、六分、話していたろうか。
亀井は、西本のところへ戻って来ると、楽しそうに、

「東京でも、一つ、発見があったようだよ」

「何ですか？」

　と、西本がきいた。

「君が、崎田から借りて来たアルバムのことだよ。崎田が写した天竜峡の写真だ」

「どこか、不自然なところが発見されたんですか？」

「いや、そうじゃない。警部があのネガを写真の専門家に見せたらしいんだ」

「それで？」

「何が写してあるかじゃなくて、専門家にいわせると、あの写真は優秀なレンズを使って撮ったものだというのさ。だから、大きく引き伸しても、周辺がぼけないんだということだよ。専門用語は私には分からないが、いわゆるポケットカメラで撮ったものは大きく引き伸すと、絵の周辺がぼけてしまうそうだよ」

「と、いうことは――」

「崎田は、ポケットカメラであの写真を撮ったといったんだろう？」

「そうです」

「だが、どうも違うんだな。ところで、殺された和多は、ライカをショルダーバッグに入れて出かけている。そのバッグには問題の写真とネガも入っていたと思うね。崎田は、和多を殺したあと、ショルダーバッグをすりかえた。当然、ライカも崎田の手に入ったことになる」

「そのライカで、天竜峡の写真を撮ったんですね？」

「そうなんだな。ライカは捨ててしまって、どこかで安物のカメラを買って撮ればよかったんだが、やはり、そこが人間の弱さかね。高価なライカを捨て切れずに、それで、天竜峡の写真を撮ったんだな。素人《しろうと》が見たら、どんなカメラとレンズを使ったか分からないが、専門家が見れば、分かってしまうものらしい」

「じゃあ、あの写真も証拠になりますね？」

「なるね」

「じゃあ、崎田に対する逮捕状は、出ますね？」

「私たちが、東京に戻る頃までには出ている筈《はず》だ。警部は、君が、崎田の逮捕に同行するかどうか、聞いていたよ。友人だから、気がすすまないのなら考えるといっていた」

「私は、行きますよ！」

西本は、怒鳴るような声を出した。

大声のあとで、彼は、急に悲しそうな顔になった。

トレードは死

1

ピッチングコーチの田島《たじま》は、秋季練習も終って、完全なシーズン・オフになったのを機会に、久しぶりに郷里の青森に帰っていたが、監督の久保寺《くぼてら》に電話で呼び戻された。

とにかく、すぐ帰って来いというだけで、用件はいわなかった。分かったのは、大事で、秘密を要することらしいということだけである。

田島の所属する東京センチュリーズは、今年、終始下位を低迷し、最下位はまぬがれたものの第五位でシーズンを終了した。

理由は、投手陣の貧弱さにあった。

シーズン前にも、その危険は、指摘されていた。

先発完投出来る投手の絶対数が足りなかったし、抑えの切札もいなかった。

悪いことに、シーズンに入ったとたんに、去年十六勝して、センチュリーズの中ではエース格の川西《かわにし》が、右肘《みぎひじ》を痛めて、一勝も出来なかった。

最悪の事態だったが、投手陣の崩壊を救ったのは、ノンプロから入った二十六歳のルーキー高松《たかまつ》が十五勝をあげ、高校出で三年目の中原《なかはら》が、後半から活躍して八勝してくれたためである。

川西は、すでに三十三歳。故障が治ったとしても、来シーズンは、せいぜい十勝止まりであろう。

それを考えれば、来季に備えての補強は、ピッチャー、それも、先発完投が可能なエース級のピッチャーと、リリーフ・ピッチャーに絞られた。

十一月二十七日のドラフト会議にも、その方針でのぞんだのだが、出席した球団社長の佐藤《さとう》も、監督の久保寺も、揃ってクジ運が悪く、狙いをつけていた即戦力の日本鋼管の木田《きだ》は、日本ハムにさらわれ、新日鉄室蘭《むろらん》の竹本《たけもと》も、ロッテに交渉権をとられてしまった。仕方なく、高校出のピッチャーばかり四人を指名。だが、どうみても、来シーズンには間に合わない陣容だった。

田島は、帰京して、球団事務所に行くと、監督の久保寺は、社長室にいた。

社長の佐藤は、久保寺と額を突き合せるようにして、ひそひそ話をしていたが、田島の顔を見ると、手招きして、自分の横に座らせた。

「ブルーソックスの梶川《かじかわ》をどう思うね？」

と、佐藤が、きいた。

「梶川って、あのエースの梶川ですか？」

「他に、梶川がいるかね？」

「彼なら、全日本にも選ばれるでしょうね。今年は九勝でしたが、その前三年間、続けて二十勝以上しているんですから。彼が、どうかしたんですか？」

田島がきくと、佐藤に代って、監督の久保寺が、

「梶川が、ブルーソックスを出たがっているというんだ」

「本当ですか？」

「本当らしい」

「しかし、梶川は、ブルーソックス生抜《はえぬ》きの選手ですよ。それに、三千万近い年俸を貰《もら》ってるんじゃありませんか？」

「年俸は、二千七百万だ」

と、佐藤がいった。

「入団六年目で二千七百万なら悪くないでしょう。それに、ブルーソックスでは、エースとして扱っている。それなのに、なぜ、出たがっているんでしょうね？」

「いろいろと、噂があるんだ」と、久保寺がいった。

「ブルーソックスは、今年、監督が代った。梶川は、新しい小林《こばやし》監督と意見が合わないという話もある。三年連続二十勝以上していたのに、今年九勝しか出来なかったのは、そのためだという人もいる」

「出たがっているというのは、誰から出た情報なんですか？」

「ラジオの解説をやっている矢代《やしろ》だよ」

と、久保寺がいった。

矢代は、元、ブルーソックスの投手で、一昨年《おととし》現役を引退して、ラジオの野球解説を

やっている男だった。

「矢代ですか」

「君は、二年間、ブルーソックスで、ピッチングコーチをしていたんだから、矢代も、梶川も知っているんじゃないか？」

「もちろん知っています。矢代君が引退したとき、ブルーソックスのピッチングコーチでしたし、梶川君も、コーチしましたよ」

「その君から見てだね。矢代の話は信用出来ると思うかね？」

佐藤がきいた。

田島は、少しずつ、自分が、急遽《きゅうきょ》呼ばれた理由が分かって来た。

「正直にいいますと、矢代君には、あまりいい感情は持っていないんです」

「なぜだね？」

「彼は、自分のトクになることしかやらない男です。それに、えげつないところもありますから」

「どんなところだね？」

「一昨年、矢代君と一緒に、外野手の日下《くさか》君も現役を引退したんです。最初、ラジオの解説には、日下君の方が決まりかけていたんですが、矢代君が、猛烈な売り込みをやりましてね。日下君には、ヤクザ者の知り合いがあるとか、女性問題でいろいろ噂があるとか、ラジオの幹部にいったらしいのです。そのため、日下君の採用が取り止めになり、矢代君が、代って、解説陣に迎えられたわけです」

「すると、矢代の持って来た話は、信用出来んかね？」

と、佐藤は、眉《まゆ》をひそめた。

田島は、ちょっと考えてから、

「そうとばかりはいえません。彼は、自分のトクにならなければ何もしない男ですから、逆に、信用出来るかも知れません。矢代君は、何か要求して来たんですか？」

「いや。まだ、何も要求して来てはいない。ただ、梶川君が、ブルーソックスを出たがっているが知っているかと、聞いて来ただけだ」

「それだけですか？」

「もし、詳しいことを知りたいのなら、自分に連絡してくれともいっていた」

「どうする積りですか？」

「それを決めるために、君にも、来て貰ったんだ」と、久保寺が、いった。

「君から見て、梶川の将来性はどうかね？」

「今、彼は確か二十七歳です。あと数年は、第一線で働けると思っています。地肩が強くて、故障の少い男ですから、毎年、最低十勝は稼げます」

「欲しい選手だな」

「そうです。梶川君が、うちに来てくれれば、単に、彼の勝星が増えるだけでなく、ローテーションが確立出来ますから、他の投手の勝星も増えると思います」

「じゃあ、君がこの話の真偽を確めてみてくれ」

と、久保寺がいった。

2

田島は、その場で矢代に電話を入れた。

「田島さんですか。お久しぶりです」

という矢代の声が、電話から聞こえてくると、田島は、軽く、眉を寄せた。どうしても好きになれない男だったからである。

「梶川君のことだがね」と、田島はいった。

「ブルーソックスを出たがっているというのは、本当なのかね?」

「くわしいことは、電話ではどうも――」

と、矢代は、もったいぶって、言葉を濁した。

「どこでなら話してくれるんだね?」

「料亭『菊水《きくすい》』はどうです? おたくの球団のお偉方が、よく会合に利用されるところですよ」

「いいだろう」

「じゃあ、今夜七時に。お待ちしていますよ」

と、矢代がいった。

田島は、受話器を置くと、

「矢代は、『菊水』で会うそうです。こちらにおごらせる気でしょう。梶川君に直接連絡をとるのはまずいですか？」

と、佐藤にきいた。

「そりゃあ、まずいね」と、佐藤がいった。

「話がはっきりする前に、そんなことをしたら、向うの球団が、つむじを曲げて、出来るトレードも出来なくなる恐れがあるからね」

「矢代が、仲介料として何か要求してきたらどうしましょうか？」

「一応、聞くだけ聞いておいてくれ」

と、佐藤はいった。

その夜、田島は、わざと、約束の時間より少し遅れて、新橋《しんばし》の料亭「菊水」へ出かけた。

矢代は、先に来て、彼を待っていた。

「お久しぶりです」

と、矢代は、田島に向って、丁寧に頭を下げたが、すぐ、ニッと笑って、

「田島さんは、高松と中原という二人のピッチャーを育てあげたんだから、来季は、参稼報酬の五十パーセントアップは間違いないんじゃありませんか」

「さあ、どうかな。何しろ、うちはBクラスだからね」

「しかし、あの二人が育ってなければ、東京センチュリーズは、間違いなく最下位でしたよ。僕も、ラジオ解説で、センチュリーズの中でMVPを選ぶのなら、ピッチングコーチの田島さんにあげるべきだといったんですよ」

矢代は、押しつけがましくいった。

田島は、へきえきしながら、

「梶川君の話を聞きたいね」

と、いって、煙草に火をつけた。

矢代は、そんな田島をじらすように、

「まあ、一杯いこうじゃないですか。こういうデリケートな問題は、焦っちゃいけませんよ」

と、田島に、酒をすすめた。

田島にとっても、梶川を獲得出来るかどうかは、来季のセンチュリーズの成績を左右することだから、慎重にならざるを得なかった。梶川という強力なエースが一枚加われば、優勝を争うことも可能なのだ。

田島は、黙って、相手の杯を受けた。

矢代は、並べられた料理に、楽しそうに箸《はし》を動かしている。料理が楽しいというより、自分が、梶川についての情報を握っていることを楽しんでいるのかも知れなかった。

田島は、ちらりと腕時計に目をやった。ここへ来てから、すでに、三十分近くたっている。

「話がないのなら、私は帰るよ」

と、田島は、軽く、相手に脅しをかけてみた。

「相変らず田島さんは、せっかちですねえ。ブルーソックスのコーチの時も、若手のピッチャーが、同じ間違いを犯すと、よく殴りましたね。かんしゃくを起こして」

「性分だよ。それに、これでも忙しいんだ」

「梶川みたいな大エースの獲得以上に大事な仕事があるとも思えませんがねえ。彼が手に入れば、センチュリーズの優勝も夢じゃないでしょう?」

「とれなければ、ただの夢さ。梶川が、ブルーソックスを出たがっているのは、本当なのかい?」

「本当ですよ」

「なぜ、君が知っているんだ? スポーツ紙に、そんなことが出たこともないのに」

田島がきくと、矢代は、ニヤッと笑って、

「梶川が、僕だけに打ち明けてくれたからですよ。先週の日曜日です。彼から電話がかかって来ましてね。どうしても相談したいことがあるというんです。それで、会ってみると、ブルーソックスを出たいから、相談にのってくれというんですよ」

「なぜ、君に相談したんだろう?」

「まさか、出たいと思っているチームの監督やコーチに相談するわけにもいかんでしょうし、僕と梶川とは、ブルーソックスの時からの親友ですからね」

「親友ねえ」

田島は、苦笑した。この男に、親友がいたのだろうか。

「梶川が、ブルーソックスを出たいという理由は、何なんだい？」

と、田島は、きいた。

梶川は、ブルーソックス生抜きの選手である。確かに、ブルーソックスは、ここ十年あまり、Bクラスに低迷している。しかし、田島もピッチングコーチをしていたから分かるのだが、親会社がしっかりしているし、居心地の悪いチームではなかった。

「それは、梶川当人に聞いて下さい。その方が、田島さんも納得されるんじゃありませんか」

「君が、取りはからってくれるというわけだね？」

「そうです。ただし、必ず、僕を通して下さいよ。梶川も、僕に全てを委《まか》せるといってくれているんですから」

「君の目的は何なんだ？」

「何のことです？」

「とぼけなさんな。君は、何の報酬もなしに、こんな話を持ってくる人間じゃない。金かね？　私としても、条件を社長に伝えておかなければならないんでね」

田島が、皮肉な目つきをすると、矢代は、一瞬、肩をすくめるようなポーズになった

が、すぐに、顔を突き出すようにして、

「今、梶川クラスのピッチャーをドラフトでとるとしたら、契約金はいくらぐらいでしょうね？　五千万いや、一億円は覚悟しなきゃならんのじゃありませんか。十勝から二十勝は、確実に稼げる投手なんですから」

「それで？」

「一億円として、その二十パーセント、二千万円は頂きたいんですがね。センチュリーズは、親会社が大きいから、そのくらいは、簡単に払えるんじゃないですか？」

「二千万円ねえ」

「もし優勝出来れば、二千万円くらい安いもんじゃありませんか」

「しかし、本当に梶川は、うちで獲得出来るのかね？」

「それは、僕に委せて下さい。絶対に、梶川に、センチュリーズのユニフォームを着せてみせますよ」

矢代は、自信満々ないい方をした。

3

田島は、深夜近くなったが、球団事務所に戻り、そこに待っていた社長の佐藤と、監督の久保寺に、矢代の話を伝えた。

「二千万円とは、ふっかけたものだな」

と、久保寺が、苦笑した。

田島は、肯《うなず》いてから、

「それだけに、かえって、矢代の話が信用出来るような気もするんです」

「私は、それとなく、記者たちに当ってみたんだがね」

と、佐藤が、いった。

「梶川が、ブルーソックスを出たがっているという噂は、誰一人知らんようだった」

「そうですか」

「ただ、ブルーソックスでは、うちと同じで、目下、主力選手の契約更改中だが、梶川は、球団側の二十五パーセントダウンに反撥《はんぱつ》してハンコを押していないらしい」

「それが不満で、出たがっているんでしょうか？」

「そうかも知れん」

「しかし、トレードとなると、向うも、こちらの働き手を要求してきますよ」

と、久保寺が、難しい顔でいった。

「金銭トレードだといいがね」

と、佐藤がいう。

久保寺は、首を振って、

「そう上手《うま》くはいかんでしょう。向うも、梶川が抜ければ、投手陣に大きな穴があくわけですから、それに見合う選手を要求してくると覚悟しなきゃいけないと思いますね」

「うちで、梶川の見返りに出せる選手というと、誰かね？」

佐藤が、久保寺を見た。

「ピッチャーでは、川西との交換なら、うちにとって、プラスだと思います。川西は、去年までうちのエースでしたが、肘痛《ちゅうつう》で今年は一勝も出来ませんでした。肘痛の方も、はかばかしくないようですし、年齢的な衰えもありますから、来季も、多くは期待できません」

「コーチの君も、同意見かね？」

佐藤が、田島にきいた。

「私も、監督に賛成です。若手の高松と中原は、来季、或《あ》るいは二十勝近くするかも知れませんから、絶対に出せませんが、川西なら結構です」

「バッターでは？」

「一塁の山下《やました》と、外野の村上《むらかみ》なら、どちらを出してもいいと思います」

と、久保寺がいった。

「しかし、二人とも、うちの主力打者だろう？」

「正確にいえば、かつての主力打者です」

と、久保寺は、冷静にいった。

「二人とも、すでに三十八歳で、去年あたりから、急激に力が衰えて来ています。来季も、ホームラン十五、六本、打率二割六、七分は打てるでしょうが、足と肩が衰えていますから、守備が不安です。山下は、横を抜かれるヒットが多くなりましたし、村上は、外野守備が不安な上、弱肩なので、浅いフライで簡単に、サードランナーを生還させてしまいます。昔は、そのための失点を、彼等のバットで取り返していたんですが、最近は、打つ方も悪くなっています。若手が育って来ていますので、この二人を外しても、打順を組めます」

「それなら、うちとしては、梶川の見返りとして、投手では川西、バッターでは、山下か、村上ということで臨むことにするが、梶川との接触は、いつ出来るのかね？」

「用意が出来次第、矢代が、連絡してくる筈《はず》です」

と、田島はいった。

矢代から、連絡の電話が入ったのは、二日後の十二月三日だった。

その間、田島は、注意深くスポーツ紙に眼を通していたが、梶川の動きは、載らなかった。わずかに一社だけ、梶川の名前が出たが、それは、二十五パーセントのダウンを不満として、いぜん、契約更改を渋っているという二行ばかりの記事だけだった。

矢代が指定して来たのは、熱海《あたみ》のNというホテルだった。

関西の球団ブルーソックスにいる梶川は、大阪から、田島は、東京からということになる。

田島は、新幹線の「こだま」で、熱海に向った。

約束より少しおくれて、Nホテルに着くと、すでに、梶川も、矢代も部屋をとって待っていた。

梶川は、田島にとって、いわば、教え子の一人といってよかった。だから、梶川の顔を見ると、自然に、笑顔になって、

「どうだい？　元気かい？」

「身体は元気ですが、精神状態は、あまりよくありません」

梶川は、特徴のある大きな目で、そんなことをいった。

身体も大きいし、手も大きい。それが、この男の武器でもあった。手が大きいほど、鋭い変化球を投げ易いからだ。

シーズン・オフのせいか、泊り客も少く、ホテルの中は、静かだった。

「僕は、席を外していた方がいいでしょう」

と、矢代は、手拭《てぬぐい》を手にして、温泉に入りに行った。

田島は、海の見えるサンルームに、梶川と並んで腰を下した。

「ブルーソックスを出たがっているというのは、本当なのかい？」

「本当です」

「理由は？」

「今年になって、監督やコーチと衝突ばかりして、嫌気がさしたんです」

「ブルーソックスは、今年、監督、コーチの総入替があったんだったな。小林監督は、川上《かわかみ》式の管理野球を標榜《ひょうぼう》しているんだが、その管理野球が、君に合わなかったというこ

とかね？」

「田島さんはよく知ってるでしょう。僕は、自分のプライバシィまで、あれこれ干渉されるのは、我慢が出来ないんです。ところが、新しい監督は、食事まで指示するし、アルコールは飲まない、煙草も吸い過ぎないと、シーズンの初めに誓約書まで書かされたんですよ。まるで、子供扱いですよ。これで、気持よく仕事が出来る筈がないでしょう。その上、彼の連れて来たピッチングコーチは、選手の方を見ているんじゃなくて、いつも、監督の顔色ばかり見ているんです。これじゃあ、来年も、いい成績が残せそうもありません。だから、ブルーソックスをやめたくなったんです」

「すると、君の今シーズンの不成績は、監督やコーチとの衝突にあったというわけだね？」

「ピッチャーというのは、デリケートですからね。特に僕は、どちらかといえば、わがままだから、あんな球団の雰囲気じゃあ、やる気になれませんよ。今シーズンの後半は、僕にやる気がないのが、監督にも分かったんでしょうね。別に故障でもないのに、ほされていましたよ」

「契約更改の時に、そのことをいわなかったのかね？」

「もちろん、いいましたよ。ところが、球団のお偉方も、僕が悪いの一点張りでしてね。二十五パーセントのダウンを提示してきたんです。頭に来ましたよ」

梶川は、声をふるわせた。顔色も青ざめている。球団や監督、コーチへの怒りに嘘はないようだった。

確かに、今シーズンの後半、梶川が、監督の小林と衝突し、ほされているという噂を聞いたことがある。

だが、田島は慎重だった。

「実は、君の話があったので今シーズンの君の成績を調べてみたよ」

「そうですか」

梶川は、ちょっと不安げな表情になった。

「君の成績は、九勝十三敗二セーブだ」

「最低ですよ」

「私が気になったのは、その内容だ。素晴らしいピッチングをして、相手をシャット・アウトしたかと思うと、次のゲームで、見るも無残にメッタ打ちにあった。ノックアウトされている。一つのゲームの中でも、五、六回まで完全に抑えていたのに、次の回に突然乱れて、大量点を奪われて降板している。昨シーズンまでの君にはなかったことだ。まあ聞きたまえ。私は、いろいろと、理由を考えてみたんだが、ひょっとすると、君は、どこかに故障があるんじゃないかと考えたんだ」

多くの優秀な選手が、病気のために、ユニフォームを脱いだのを、田島は、見て来ている。

特に、ピッチャーの場合は、それが多い。

肩痛、肘痛、腰痛、太ももの肉ばなれ、或いは指先の感覚がなくなる血行障害などだ。稲尾《いなお》や杉浦《すぎうら》といった不世出のピッチャーも、そのため、マウンドを去った。

「僕は、どこも悪くありません」

と、梶川がいった。

「そう思うが、君をうちに迎えるについては、慎重の上にも慎重にならざるを得ないんでね。うちが欲しいのは、二十勝出来るエースであって、五、六勝しか出来ない故障持ちのピッチャーじゃないんだ」

田島は、喋《しゃべ》りながら、自分のチームの川西のことを考えていた。肘痛という持病のある川西は、来シーズンも、せいぜい、五、六勝どまりだろう。

「僕は大丈夫ですよ。楽しく働けるチームなら、必ず、二十勝はしてみせます」

梶川は、きっぱりといった。

「そうあって欲しいと思うよ。ただ、これは、大事な取引きなのでね。君に、健康診断を受けて貰《もら》いたいんだ。その診断書を、うちの社長や、監督に見せて安心させてやりたいんだよ」

と、田島はいった。

4

温泉からあがって来た矢代にも、田島は、同じことを話した。

「用心深いことですね」

矢代は、皮肉な目つきをした。

田島は、「高い買物をするわけだからね」と、いった。

「うちは、優勝するために、梶川君が欲しいんだ。そのためには、慎重にやりたいんだよ」

「梶川君さえOKならば構いませんよ。僕は、仲介役でしかありませんからね」

「僕も、すっきりしたいから、調べて貰います」

と、梶川もいった。

早い夕食をすませてから、田島は、矢代と梶川を、熱海市内にある総合病院へ連れて行った。

そこで、梶川の健康診断を頼んだ。内臓疾患の有無の他、肉ばなれ、血行障害、肩、肘《ひじ》などの異常である。

診断は三日間にわたった。そのため、田島たちは、Nホテルに泊った。

レントゲン写真が、何枚も撮られ、それは、田島に渡された。

全て異常なしだった。

田島は、満足した。これで、安心して、梶川の獲得に走れるだろう。

「梶川君自身に問題はなくなったが、あとは、どうやって、うちのチームに入れるかだ」

と、田島は、ホテルでの食事の時に、梶川と、矢代に向って、相談するような形でいった。

「僕は、来季の監督の構想の中に入っていないと思いますから、簡単に、トレードは出してくれるんじゃありませんか」

梶川が、楽観的にいった。

田島は、首を横に振った。

「君は、二十勝投手だよ。君が、ブルーソックスを出たがっていると分かれば、多分、全球団が、ブルーソックスに、トレードを申し込む筈《はず》だ。また、ブルーソックスも、君を出すとしても、なるべく高く売りつけようとするだろう。ビジネスだから当然さ。見返りに、エース級のピッチャーか、主力打者を要求してくるに決っている」

「センチュリーズは、交換に、誰なら出せるんですか？」

と、矢代がきいた。

「ピッチャーなら川西、バッターでは、山下か村上だ」

田島がいうと、矢代は、肩をすくめた。

「いずれもロートルですね。下り坂の選手ばかりだ」

と、無遠慮にいった。

「しかし、他の選手は出せんよ」

「他のチームは、もっと、上り坂の選手を交換要員にあげてくるかも知れませんよ」

「問題は、それだが、何とかならないかな？」

「そうですねえ」

と、矢代は、しばらく考えていたが、

「百万円ばかり、すぐ用意出来ませんか？」

「どうするんだ？」

「医者を一人買収します」

「それで？」

「シーズン中、梶川君が連敗したとき、肩か肘が故障しているらしいという噂が出たことがあります。それを逆手にとるんです」

「医者を買収して、嘘の診断書を書かせるわけかい？」

「肘痛が悪化して、来季の登板は無理といった診断書です。そして、僕が、噂を流します。ブルーソックスは内密にしているが、梶川の肘痛は、投手生命を危うくしているという噂ですよ。梶川君にも、肘痛を治したいと球団に申告させ、どこかの温泉に行って貰うのです。こうなれば、梶川君がトレードに出されても、他のチームは、獲得に二の足をふむんじゃありませんか？　ちょっと、悪どいかも知れませんが、このくらいの手を打たないと、川西や山下クラスの選手で、梶川君は獲得出来ませんよ」

「医者の診断書一枚で、うまく欺せるかね？」

田島が、あやぶむと、矢代は、言葉を継いで、

「レントゲン写真も用意します。梶川君によく似た体型で、右肘《みぎひじ》に故障のある男のレン

トゲン写真です」

「そんな都合のいい男がいるかね？」

「一人います。二年前、レッドベアーズを馘《くび》になったピッチャーの的場《まとば》ですよ。年齢は現在二十九歳。身長も、手の長さも、だいたい、梶川君と同じです。彼は、右肘に軟骨が出来る病気で、手術しましたが上手《うま》くいかず、引退しています。彼の右腕のレントゲン写真を使おうと思います。的場は、やめてから水商売を始めましたが、失敗して、今、金に困っています。ですから、金さえ出せば、喜んで協力してくれる筈ですよ」

「責任は、全て、君が持ってくれるんだね？」

「二千万円も頂けるんですから、責任は、僕が持ちます。安心して下さい。あなたにも、センチュリーズにも、決して、ご迷惑はおかけしません。何なら、誓約書を書いてもいいですよ」

「とにかく、この件については、社長や監督と相談してから返事をするよ」

と、田島は、慎重の上にも慎重だった。

田島は、いったん、梶川たちと別れて帰京すると、すぐ、社長の佐藤に、矢代の提案を報告した。

監督の久保寺も加わっての協議になった。

田島は、梶川のレントゲン写真や、診断書を二人に見せて、

「梶川の身体には、全く異常がありません。今季の不調は、全く心理的なものと思われ

ますので、うちへ来て、心機一転すれば、二十勝は堅いと思います」

と、強調した。

久保寺も、それには賛成した。

「うちが、Bクラスに落ちた理由の一つに、対ブルーソックス戦の不成績があります」

と、久保寺は、佐藤にいった。

「そのブルーソックスから、エースの梶川がうちへ来てくれれば、立場は逆転します。巨人、阪神《はんしん》の間の小林《こばやし》投手の例もありますからね。梶川君が、対ブルーソックス戦に力投してくれれば、優勝も可能です」

「問題は、矢代に委《まか》せるかどうかだな」

佐藤は、難しい顔でいった。

東京センチュリーズは、ここ数年、優勝どころか、下位に低迷している。親会社からは、優勝せよの命令が来ていた。そのためには、梶川の獲得は、絶好のチャンスなのだが、矢代の提案を受け入れて、もし、それが公になってしまったら、親会社のイメージにも傷がつくだろう。

「GOのサインを出しますか？」

と、田島がきいた。

「万一の時は、矢代に責任を負わせることが出来るんだろうね？」

「その点は、大丈夫だと思います。レントゲン写真の偽造も、医師の買収も、矢代がひとりで、勝手にやったことに出来る筈です」

「君はどう思うね？」

佐藤が、久保寺を見た。

「私は、どうしても、梶川を欲しいと思います。彼が来れば、優勝が狙えます」

久保寺は、目を光らせていった。彼は、現役時代、名二塁手として鳴らしたが、監督になってからは、一度も優勝していなかった。すでに五十四歳だし、来季も、センチュリーズが下位に甘んじれば、更迭は必至だった。それだけに、焦るのだろう。

「よし。GOサインを出そう」

と、佐藤が、決断した。

田島が、再び矢代に会い、百万円を現金で手渡した。銀行振込みや、小切手では、あとで、証拠として残る心配があったからである。
二、三日して、梶川の肘痛は不治に近いという噂が流れ始めた。
その噂を裏書きするように、梶川自身、契約更改をすまさずに、身体のオーバーホールと称して、傷や痛みにきくという山陰のS温泉に出かけた。

何人かのスポーツ記者が、S温泉に追いかけて行って、梶川に、噂は本当なのかと迫った。

それに対して、梶川は、むきになって否定する。おかしなもので、梶川が、必死になって否定すればするほど、肘痛の噂に真実性が加わり、「梶川、再起不能か？」などという記事まで、スポーツ紙にのるようになった。

ブルーソックスが、急遽《きゅうきょ》、梶川をトレード要員にしたというニュースが入ったのは、その後である。

事態は、計画どおり進んでいるようだった。

梶川の肘痛が致命的なものらしいという噂が流れているので、他の球団は、二の足を踏んだ。

その間隙《かんげき》をぬうように、センチュリーズが名乗りをあげた。

センチュリーズが提示したのは、金銭トレードか投手の川西、或《あ》るいは、打者の山下、村上の三人の中の一人とのトレードだった。

田島は、どんな具合に話し合いが進んだか知らなかったが、十二月十日になって、監督の久保寺から、

「決ったよ」

と、いわれた。

「向うは、誰を要求して来たんですか?」

「ピッチャーの川西だ。明日、正式に調印される筈だ」

「川西ですか」

「向うさんも、梶川の肘痛の噂があって、川西ぐらいしか要求出来なかったんだろう。これで、完全なうちのプラスだよ」

久保寺の声は、さすがに弾んでいた。

「梶川はどうしています？」

「十二日に、上京してくる。そして、うちの本社で、入団発表の段どりになる筈《はず》だ。君は、そのあと、例の二千万円を、大阪へ行って、矢代に渡して欲しい」

「分かりました」

と、田島はいった。嫌な役目だが、待望の梶川を獲得出来たのだから、このくらいのことは、我慢せざるを得まい。

翌十一日に、両球団社長の間で、正式に調印が行われ、十二日には、梶川が上京して来て、センチュリーズ本社で、入団発表が行われた。

――センチュリーズ、危険な買物。

と、書いた新聞もあった。

入団発表に集った記者たちの質問も、もっぱら、梶川の肘痛に集中し、来季の活躍を危ぶんでいた。

ニコニコしていたのは、真相を知っている田島たちだけだった。

その田島は、「これで、来シーズンは優勝可能」と、ほくそ笑んでいたのだが、翌十三日に、思わぬ事件が起きて、それに巻込まれることになってしまった。

5

田島は、東京駅へ行く前に、ホテルMに泊っている梶川に電話をかけた。

丁度、八時半だった。

「九時の新幹線で、大阪の矢代君に会ってくるんだが、何か言づてはないかね？」

「彼は今、ニュー大阪ホテルでしょう？」

「よく知ってるね」

「昨日も、電話がありましたから」

と、梶川は、電話の向うで笑ってから、

「会ったら、お礼をいっておいて下さい。とにかく、矢代さんのおかげで、センチュリーズに入団出来たんですから」

「いっておくよ」

田島は、電話を切ると、東京駅まで、車を飛ばした。

午前九時東京発の「ひかり23号」に辛《かろう》じて間に合った。

新大阪に着いたのは、一二時一〇分である。

田島が、グリーン車からホームに降りたとたん、背後から肩を叩《たた》かれた。

振り向くと、サングラスをかけた梶川だった。驚いて、

「どうしたんだい？」

「心配になったんで、来てみたんです。矢代さんが、何を要求してくるか分かりませんから」

「大丈夫だよ」

と、田島は、笑ってから、改めて、梶川の恰好《かっこう》を見て、

「何だい？　そりゃあ」

「変装して来たつもりなんですが、おかしいですか？」

「上手《うま》い変装だよ。どう見ても、野球選手には見えんね」

矢代の待っているニュー大阪ホテルは、駅から歩いて五、六分のところにあった。

二人が入って行き、フロントで、田島が、

「矢代保《たもつ》さんに会いたいんだが」

と、いうと、相手の表情が、急にこわばった。

「ちょっと、お待ち下さい」

と、いい残して奥に消えたが、代りに、背の高い、眼つきの鋭い男が現われ、黒い警察手帳を見せた。

「大阪府警の森本《もりもと》ですが、矢代さんに、どんなご用ですか？」

と、その男がきいた。

「何かあったんですか？」

「五分前に、死体で発見されました」

「本当ですか？」

思わず、田島の声が、甲高くなった。

「背中を刺されて、殺されていたのです。それで、今の質問ですが、答えて頂けませんか」

「私は、東京センチュリーズの田島です。来シーズンのことで、矢代さんに相談したいことがあって来たんですが」

と、田島は、身分証明書を見せた。

梶川も、サングラスを外して、名前をいった。

森本という刑事は、初めて、微笑して、

「あなたの顔は知っていますよ」

と、梶川にいった。

「矢代さんは、誰に殺されたんでしょうか？」

田島がきくと、森本は、首を振った。

「分かりませんな。お二人は、いつ着かれたんですか？」

「一二時一〇分に、新幹線で着いたんです。駅から真っすぐここへ来たんですが」

喋《しゃべ》りながら、田島は、スーツケースが気になって仕方がなかった。中に、二千万円の現金が入っていたからである。何のための二千万円だときかれたら、答えに窮してしまう。

しかし、森本は、スーツケースには、別に注意を払わず、

「一二時一〇分着の電車に乗っていたことを証明出来ますか？」

「出来ますよ。名古屋を通過したところで、東京の佐藤球団社長に、電車の中から、電話をかけましたから、記録が残っている筈です」

「梶川さんも、同じ電車ですか？」

「ええ。同じ、博多《はかた》行のひかりです」

「それなら結構です」

と、森本刑事はいった。もちろん、そういっても、裏付け捜査はするだろうが。

田島と、梶川は、その日の中《うち》に、東京に帰った。大阪に残っていて、記者たちに、矢代との関係を、あれこれ詮索《せんさく》されてはかなわないと思ったからである。

死んだ矢代が、トレードの裏工作を、メモにでもして残していると困るなと思ったが、そんなものはなかったらしく、新聞にも出なかった。

週が変って、十二月二十日になって、森本刑事が、田島に会うために上京して来た。

6

田島は、森本刑事と、球団事務所で会った。

「まだ、私をお疑いですか？」

と、田島が、機先を制してきくと、森本は、手を振った。

「あなたが、十三日の『ひかり23号』に乗ったことは証明されました。あなたのアリバイは完全です。矢代さんは、当日の十二時頃に殺されたと思われますから」

「それなら、なぜ、また、私に会いに来られたんですか？」

「問題は、梶川さんです。彼は本当に、あなたと同じ『ひかり23号』に乗っていたんですか？」

「なぜです？」

「実は、その日の十二時頃、ニュー大阪ホテルのロビーで、梶川さんらしい人を見たというボーイがいるんです。それでお聞きするんですが、新幹線の中では、並んで座っておられたんですか？」

「いや、新大阪のホームで一緒になったんです」

「すると、梶川さんは、一列車前に着いて、あなたをホームに迎えに出ていたということも考えられますね？」

森本は、勢込んでいった。

田島は、あわてて、机の引出しから、時刻表を取り出した。

「ひかり23号」の前というと、「ひかり103号」である。

これは、午前八時三六分東京発岡山行で、新大阪着は、一一時四六分になっている。

森本は、のぞき込むようにして、

「この電車ですよ。これで新大阪に着き、矢代さんを殺して、何くわぬ顔で、駅に引き返し、あなたをホームで迎えた。あたかも、同じ『ひかり23号』で来たような顔をしてです」

「残念ですが、それは不可能ですよ」

「なぜです？」

「あの日、乗る前に、ホテルMに泊っている梶川君に電話したんです。何か伝言はないかと聞くためにです。それが、八時三十分だったんです」

「その時刻に間違いありませんか？」

「九時のに乗らなきゃならないんで、時間を気にしながら電話していましたからね。よく覚えているんです。八時半にかけて、かけ終ったとき、あと二十五分しかないなと思ったんだから、八時三十五分になっていたんですよ。これじゃあ、八時三六分発の『ひかり１０３号』に乗るのは無理でしょう」

「しかし、ホテルMは、東京駅の真ん前にありましたね」

「ええ。しかし、新幹線のホームまで、駆け足でも七、八分はかかりますよ。一分で行くなんて、絶対に無理です。それに、あの日は、新幹線が遅れたということもないし――」

「すると、飛行機を使ったのかな？」

と、森本は、ふと呟《つぶや》いたが、すぐ、自分で「違うな」と、否定した。

「十二月十三日は、各航空会社が、ボーナス闘争でストに入り、一便も飛ばなかったんだ」

「梶川君は、事件とは無関係ですよ」

「そうらしいですね。ところで、殺された矢代さんの銀行口座を調べたところ、十二月十日に二千万円という大金が入金されているんですが、何か心当りはありませんか？」

「とんでもない」

田島は、あわてていった。こちらの二千万円は、矢代が死んだので、渡さずにすんだのだ。

「そうですか。またお会いするかも知れませんね」

と、いい残して、森本は、帰って行った。

田島は、何となく、森本のいった二千万円が気になって調べてみたが、結局、分からなかった。

森本が、また上京して来たのは、三日後だった。

森本は、田島と顔を合わせるなり、

「梶川を逮捕しましたよ」

と、いった。「それを、お知らせしようと思いましてね」

「逮捕した？」

「そうです。矢代を殺した容疑です」

「しかし、梶川君には、ちゃんとしたアリバイがあった筈《はず》じゃありませんか？」

田島が気色ばんでいうと、森本は、微笑して、

「そのアリバイが崩れたんですよ」

「しかし、あの日、飛行機はストで欠航していたし、八時三六分発の『ひかり103号』には乗れなかった筈ですよ」

「梶川は、八時五〇分の『ひかり』に乗ったんです」

「そんな電車はありませんよ」

「ところが、十三日にはあったんです。国鉄は、例の銀河鉄道以来、味をしめて、次々に臨時列車を出すようになりましてね。十三日は、とうとう、新幹線の臨時列車を出したんです。宝塚《たからづか》のスターで、最近引退した吹雪《ふぶき》ゆかりを知っていますか？」

「ええ」

「国鉄では、彼女の人気に眼をつけましてね。吹雪ゆかりと宝塚を見ようというのを企画したんです。これは、十三日の午前八時五〇分東京発の臨時の『ひかり』で、新大阪へ行くというもので、列車の中で、彼女と対談したり、彼女の出た映画を鑑賞したりするわけです。この『ひかり』は、ノン・ストップで新大阪まで走り、新大阪着は一一時五〇分なんですよ。これなら、ニュー大阪ホテルで矢代保を殺し、何くわぬ顔で、駅へあなたを迎えに行けたわけです。こちらで調べたところ、梶川は、吹雪ゆかりの熱烈なファンでしてね。恐らく、臨時列車に乗ることになっていたんでしょう。その時に、あなたが、九時の新幹線で新大阪へ行くと知って、一芝居打つことを考えたんだと思いま

すね」

「しかし、動機は何です？　梶川君は、なぜ矢代保を殺したんです？」

「まだ自供していませんが、多分、矢代保にゆすられていたんだと思いますよ」

森本は、自信にあふれたいい方をした。

「ゆすられていたって、何をタネにですか？」

「想像はついていますが、まだ、証拠はありませんのでね」

と、森本は、いってから、

「ああ、田島さん。十二月十日に、矢代保の銀行口座に振り込まれていた二千万円のことが分かりましたよ。振り込んだのは、ブルーソックス球団でした」

「ブルーソックスが？」

田島は、戸惑った。

矢代は、田島たちと共謀して、ブルーソックスを欺《だま》したのだ。それなのに、なぜ、ブルーソックスが、矢代に、二千万円も払ったのだろうか？

田島が、それをきく前に、森本は、立ち上っていた。

森本は、歩きかけてから、急に立ち止って、

「ところで、おたくの球団は、なぜ、梶川をトレードで獲得されたりしたんですか？　川西との交換じゃあ、マイナスでしょう？」

「まさか、人殺しをするとは思いませんから」

田島が、苦い顔でいうと、森本は、首を振って、

「そのことじゃありませんよ」

「じゃあ、何のことです？」

「関西じゃあ、野球トバクが盛んで、手をやいているのですよ。今年、梶川が、妙な負《ま》け方をやたらにするので、ひそかにマークしていたんです。どうやら、金を貰《もら》って、八百長《おちよう》試合をやっているらしいと分かって来ましてね」

「球団は、知っていたんですか？」

「警察としては、一応、球団にも注意しておきましたよ」

「くそ！」

思わず、田島は、テーブルを拳《こぶし》で叩《たた》いた。

謀るつもりが、まんまと謀られてしまったのだ。

ブルーソックスは、黒い噂の立ち始めた梶川を、早急に処分しなければならないと思った。幸い、まだ、警察だけがマークしているだけで、他球団は知らない。

しかし、何といっても二十勝投手で、エースだ。

ただ、トレード要員と発表したのでは、何かあると思われ、調べられてしまう。

そこで、矢代を使って、一芝居打ったのだ。矢代は、金で、どうにでも動く男だからだ。

矢代は、もっともらしい顔で、梶川が、ブルーソックスを出たがっていると、田島た

ちに告げる。

田島たちは、その話に飛びついた。

そして、他人の肘痛《ちゅうつう》のレントゲン写真で、ブルーソックスを欺そうという話になる。ここが巧妙なところだ。欺したと思っている人間は、逆に自分が欺されているなどとは、針の先ほども思わないものだから。

かくして、ブルーソックスは、川西を手に入れ、ババの梶川を、センチュリーズにつかませることに成功した。二千万円は、そのお礼に、矢代におくられたものに違いない。

梶川自身は、自分に後暗いところがあるから、ブルーソックスから出て、他の球団に行かれればいいとのみ思っていたろうし、矢代のいいなりだったろう。

矢代は、それで止めておけばいいのに、梶川もゆすったのだ。だから、殺された――。

森本の姿は、消えていた。

田島は、急に、首筋のあたりが、うそ寒くなってくるのを感じて、小さく身ぶるいした。

幻の魚

1

イシダイが、幻の魚と呼ばれるようになってしまったのは、いったい、何時頃からなのだろうか。

少なくとも、田島《たじま》が、釣りに凝り出した頃には、イシダイは、めったに釣れない貴重な魚になってしまっていた。乗り合いの釣り舟なんかで、老人と隣り合わせになると、伊豆《いず》あたりで、イシダイが、いれぐいだったことがあるなどと話してくれるのだが、田島にとっては、まさに、夢物語である。

雑誌の挿し絵の仕事をしているので、比較的、時間の余裕があり、南伊豆の波勝《はがち》崎などへ車で出かけるのだが、目当てのイシダイは、なかなか釣れず、外道のウツボばかりが針にかかってくる。イシダイ釣りは、一日一尺（約三〇センチ）といわれ、一日釣って、一匹釣れればいいとしなければならないのだが、釣り人というのは、我慢ということが、なかなか出来ないもので、どこそこの磯で、イシダイが釣れたというと、その情報が不確かなものであっても、竿《さお》をかついで、飛び出して行くのである。

六月上旬のその日も、伊豆諸島の式根《しきね》島で、六、七キロの大物が出たという情報を耳にして、田島は、出かけることにした。

式根島は、イシダイ釣りのエサであるサザエがないので、東京で用意していかなければならないのが、ちょっと不便だが、地形が複雑で、釣りにふさわしい磯が多い島である。

田島は、愛用の竿をかつぎ、六月七日の夜、竹芝桟橋《たけしばさんばし》から大島《おおしま》行の船に乗った。式根へは、大島で乗り換えである。

梅雨の盛りで、この日も、朝から、じとじとと、細かい雨が降り続いていたが、そのおかげで、船客は、まばらだった。田島としては、この方が有り難かった。梅雨が明ければ、伊豆七島行の船は、若者たちで満員になってしまい、落ち着いて、磯釣りが出来る状態ではなくなるからである。

田島は、一等船室の窓際に腰をかけた。映画館みたいに、ずらりと並んだ座席に、ほとんど人の姿がない。が、それでも、出航間際になると、釣り支度の男が二人、どやどやッと船室に入って来て、ひとかたまりに腰を下ろした。いずれも三十歳前後の男たちで、アイスボックスまで提げた完全武装である。

（彼等も、あの情報に小躍りして、式根島へ出かけるのだろうか？）

と、田島は考えた。式根で、一緒に釣りを楽しみたいという気がする一方で、人数が少ない方が、イシダイを釣るチャンスが増えるのだがと、思ったりもした。釣り好きに悪人はいないというが、エゴイストは、ごまんといる。

翌朝の午前五時。夜明けに、船は、大島の岡田《おかだ》港に着いた。同じ桟橋の反対側から、利島《としま》、式根島、神津島《こうづ》などへ行く船が出る。大島までは、二〇〇〇トンの大型船だが、ここからの船は、六〇〇トンと小さくなる。当然、揺れ方はひどくなる。そのためか、小さな船室に入ると、洗面器が、積み重ねてあった。

例の二人組は、田島の予想どおり、彼と一緒に、式根島で降りた。向こうが、じろじろと田島を見ながら、船を降りて行ったのは、多分、イシダイ釣りのライバルとでも思ったからに違いない。

田島たち三人の他には、式根で降りた客はいなかった。野伏《のぶし》港という小さな入り江に、コンクリートの岸壁が延びていて、そこが港である。設備が悪いので、艀《はしけ》を使っての上陸だった。

雲が切れて、陽が射してきた。

面積三・八平方キロ、人口約千人の小さな島である。夏には、民宿が出来るが、今は、島に五軒ある旅館のどれかに、泊まるより仕方がない。

田島は、岸壁のところで、わざと一服して、二人の姿が見えなくなるのを待ってから歩き出し、島の南側にある足付旅館に向かって、歩いて行った。この旅館の近くの磯で、例の大物が釣れたということだったからである。

島の北端の野伏港から、南の足付旅館まで歩いて三十分の距離で、そのくらいの広さの島だということでもある。

二階建ての可愛らしい旅館だった。収容人数は、十五、六人といったところだろうか。

迎えに出て来た中年の主人夫婦にきくと、泊まり客は、若い東京の女性一人だけだという。あの二人は、他の旅館に入ったらしい。

「女一人で、今頃、何しに来たんだろうね？」

と、田島は、部屋に案内して貰いながら、宿の主人にきいてみた。真っ黒に陽焼けした顔は、宿の主人というより、漁師という方がふさわしい。

「釣りに来たといってましたよ」

宿の主人は、ニコニコ笑いながらいった。

「若い女の釣り師というのは、珍しいねえ」

「昨日、おみえになったんですがね。今日も、磯竿を持って、お出かけになりました。朝早くから。お弁当を作って、差しあげたんですが、イシダイが、釣れるといいんですがねえ」

「イシダイを釣りに来たのかい？」

「そうおっしゃってましたがねえ」

相変わらず、ニコニコ笑いながら、宿の主人がいった。

最近は、女性の釣り師も多くなったが、たいていが、キスとか、海タナゴ、あるいはハゼといった小物釣りが多い。たった一人で、イシダイを釣りに来ているというのは珍しい。引きの強い魚だから、体力にも自信があるのだろう。

田島は、部屋で一休みしてから、旅館を出た。

リアス式の海岸なので、この島は、到るところが、好釣り場である。田島は、まず、旅館に近い大崎《おおさき》へ歩いて行き、突端に腰を下ろした。風が少し強いが、釣りには絶好の日和だった。

黒潮が近くを流れているので、海面が泡立っている。イシダイは、潮流の速い岩礁地帯に住みつく魚だから、釣れる可能性がある。田島は、ポイントを決めると、コマセに使うサザエを、ハンマーで砕いた。撒《ま》き餌《え》である。

コマセをしてから、餌をつけて、竿を投げ入れた。あとは、じっと待つだけだった。

海面が光るので、サングラスをかけ、岩に腰を下ろして、周囲を見廻《みまわ》した。船で一緒だった二人の姿は見当たらなかった。他の場所で、釣っているのだろう。宿の主人がいった、東京の若い女というのも、姿が見えない。

（美人かな）

などと、あらぬことを考えたりしたせいか、いっこうに、食いがない。仕掛けを、途中で変えてみたが、それでも駄目だった。陽が落ちて来たので、明日を期することにして、田島は、旅館に戻った。

夕食を運んでくれたおカミさんが、

「東京の女の方も、釣れなかったそうですよ」

と、なぐさめるようにいった。

「名前は、何というの？　その女性は」

「小山有子《こやまゆうこ》さんと、宿帳に、お書きになっていましたよ。お食事をすませてから、温泉へ行くといって、お出かけになりましたけど」

2

田島も、温泉へ出かけることにした。

式根島には二つの温泉がある。足付、地鉈《じなた》の二つで、どちらも、海の中に、約七十度の温泉がわき出している。もちろん、露天風呂《ろてんぶろ》で、潮の干満によって、温度が変わってくる面白い温泉でもある。

田島は、地鉈温泉まで歩いて行った。名前どおり、地面をナタで割ったような、深い谷底にある温泉だった。

月が出たので、ぼんやりと明るい。田島は、急な坂道を、海に向かって降りて行った。コンクリートで階段を作ってあるといっても、真下に落ちて行くような急な階段で、月が出ていなければ、怖くて、降りられないだろう。

小山有子という若い女の姿はなかった。足付温泉の方は、途中でのぞいてみたのだが、誰の姿もなかった。

(ちょっと残念だな)

と、思いながら、田島は、裸になり、湯壺《ゆつぼ》に身体を入れた。打ち寄せる波が、湯壺の中へ、ざあッと音を立てて浸入してくる。普通の温泉では味わえない、豪快な気分だった。

遠く水平線を眺めながら、田島は、いい気持ちで湯に浸《つか》っていたが、ふと、人の気配がしたので、振り返った。その眼に、青い月の光を浴びた若い女の裸身が、いきなり飛び込んで来た。

腰に、宿の手拭《てぬぐい》を巻きつけただけの恰好《かっこう》で、女は、じゃぶじゃぶと、田島に近づいて来た。その顔が、月の光の中で笑っている。

田島も、微笑して、「やあ」と、声をかけた。

「小山有子さん？」

「――」

女は、黙って、こっくりしてから、そこで、湯壷に身体を沈めると思ったのに、田島のいるところまで、寄って来ると、いきなり、彼に抱きついてきた。

豊かな肉付きの、ずっしりした手応《てごた》えに、田島は、思わずよろめいて、危うく、湯の中に沈みかけた。

「抱いて」

と、女が、田島の耳元でささやいた。

何が何やら分からないながら、二十八歳の若い田島の身体は、自然に、女の肉体を受け止め、両腕は、彼女を抱きしめていた。

女の腰を蔽《おお》っていた手拭は、いつの間にか流れ去ってしまっている。

女の方から、唇を求めてきた。お湯の中で、女を抱くのは、奇妙な感じのものだ。特に、青白い月の光の中ではである。

女は、じっと目を閉じて、田島にしがみついている。田島は、これが据《す》え膳《ぜん》というやつかなと、ニヤつきながら、片手で、乳房をさすり、少しずつ、下腹部の方へずらしていった。

海水に濡《ぬ》れた毛の部分をまさぐろうとすると、女は、一瞬腰を引いたが、田島の指が、執拗《しつよう》に追いかけると、あきらめたように、少しずつ、湯壺の中を開いていった。

田島が、女の熱い部分に、指を押し当て、そっと力を籠《こ》めて沈めていくと、彼女は、「あッ」と、小さな声をあげた。田島の首に巻きつけていた女の腕に力が入り、引いていた腰を、前に、ぐいぐい押しつけてきた。

田島は、湯壺の底に両膝《りょうひざ》をつき、胸の辺りまで湯に浸って女を抱いていたのだが、身体が不安定なので、少しずつ、浅い方へ身体をずらせて行った。浅瀬に来ると、田島は、湯壺の底に、どっかりと腰を下ろし、女の足を開かせたまま、自分の膝の上に、またがらせた。

女は、田島のなすがままになっている。指の腹で、女の敏感な部分を、愛撫《あいぶ》しながら、

「いいんだね？」

と、彼女の耳元できいた。

女は、目を閉じたまま、「え？」と、ぼんやりした声で、きき返してくる。それを、

陶酔の表情と受け取って、田島は、インサートさせ、彼女の肉付きのいいお尻《しり》を、両手で引き寄せた。

女が、眉《まゆ》を寄せて、かすかに喘《あえ》いだ。その顔が、月の光の中で、ひどくエロチックに見え、田島は、思わず、女の乳首を噛《か》んだ。女は、身体をよじらせたが、そのあと、急に、

「やめて！」

と、鋭く叫び、身体を引き離した。乳首を噛んだのを怒ったのかと思い、田島は、あわてて、

「ごめん」

と、謝ったが、女は、無言でくるりと背を向け、湯壺の反対側に歩き去ってしまった。

3

田島は、呆然《ぼうぜん》として、湯壺から上り、岩かげに消えた女を見送っていた。なぜ、急に、女が怒ったのか、田島には分からなかった。乳首を噛んだといっても、そんなに強く噛んだわけではない。軽く噛んだだけだ。

もっとも、女によって、鼻に触わられるのが嫌だったり、耳は嫌だというのがいるから、あの女は、乳首を噛まれるのが嫌いだったのかも知れない。そんな風に考えるより仕方がなかった。

こんな時の男ほど、馬鹿らしいものはない。燃焼しかけた欲望のはけ口がなくなって、田島は、膝小僧を抱え、着がえを終わった女が、急な坂をあがって行くのを見送っていたが、そのうちに、子供みたいに、湯壺の中を泳ぎ廻《まわ》った。

一時間ほどして、田島は、宿へ帰った。自分の部屋へ入ったが、することがない。夏のシーズンには、小さなスナックが開店するらしいが、今の時期には、飲むような店はなかった。仕方がないので、宿のカミさんにビールを持って来て貰《もら》った。

「小山有子という女の人は、帰って来たかい？」

と、きくと、

「ええ。一時間ほど前に、お帰りになりましたよ」

と、カミさんはいった。やはり、あの女が、小山有子という、この宿の泊まり客だったのだ。

「何かいってなかったかい？」

「いいえ。別に」

「いつまでいるのかな？」

「さあ。何日とは、おっしゃっていませんけど、どなたか、いらっしゃるのを、お待ちになってるみたいですけど」

(なるほどな)

と、田島は、思った。恋人と、ここで落ち合うことになっているのに、相手が、なかなか、やって来ない。それで、浮気心を起こしたというわけなのか。

その夜は、ビールを独りで半ダースばかり飲み、いい気分になって、眠ってしまった。

翌朝、目を覚ましたのは、九時近かった。

遅い朝食を、宿のカミさんに給仕して貰いながら、小山有子のことをきいてみると、

「朝早く、お発《た》ちになりましたよ」

という答えが、はね返って来た。

「しかし、連絡船が出るのは、十時過ぎじゃないのかい？」

「ええ。でも、いいんだとおっしゃって、お発ちになりました。お客さんは、今日も、釣りにお出になりますか？」

「ああ。そのために来たんだからね」

田島は、にぎりめしの弁当を作って貰い、アイスボックスや、釣竿《つりざお》、それに、大物が掛かった時の用心にギャフなどを持って、宿を出た。

少し曇っていたが、雨が降る心配は、なさそうだった。昨日、大崎で駄目だったので、今日は、少し離れた孫市《まごいち》と呼ばれる地磯に足を運んでみた。

それがよかったのか、一発で、ぐぐッと引いた。グラスファイバーの竿《さお》が、弓なりになる。イシダイ釣りのだいご味である。この感触が味わいたいために、飛行機で沖縄まで出かけたりするのである。手早く、リールの糸を巻き取る。やがて、海面に、きらりと銀鱗《ぎんりん》が光って、魚があがってきた。イシダイではなく、クチジロイシダイだったが、

五、六キロはある大物だった。
アイスボックスを開けて、中に放り込んでから、田島は、「おやッ」と思った。アイスボックスが違っているのだ。色も大きさも同じだが、横腹に、イニシァルを書いておいたのに、それがない。

(あの女だ)

と、思った。アイスボックスは、旅館の玄関に置いておいた。彼女も、そうしてあった筈《はず》である。よく似ていたので、間違えて、持って帰ってしまったのだろう。と、推測はできたが、相手は、朝早く発ってしまったし、今更、取り返すわけにもいかなかった。

(まあ、いいや)

と、いう気になって、そのまま、釣りを続けた。宿帳に、あの女の住所は書いてあるだろうから、東京に戻ってから返してもいいし、それがきっかけで、また、あの女を抱けるかも知れない。

夕方までかかって、結局、クチジロイシダイが二匹釣れただけだった。それを持って、宿へ帰ると、玄関で、駐在の巡査が、宿の主人夫婦と話をしていた。カミさんの方が、田島の顔を見ると、

「お客さん。大変なんですよォ」

と、大きな声を出した。

「どうしたんだい?」

「あの女のお客さんが、死んじゃったんですよォ」

「え？」

と、田島も、思わず、大きな声を出してしまった。

中年の巡査が、じろりと、田島を見た。

「ここに、お泊まりですな？」

「ええ」

「小山有子という泊まり客を、ご存じですね？」

「知っているといっても、偶然、この旅館へ泊まり合わせただけのことですよ。言葉を交わしたこともありません」

嘘をついたのは、変な関わり合いになりたくなかったからである。だが、あの女が死んだことに関心はあった。

「死んだというと、連絡船が事故でも起こしたんですか？」

「いや。船の事故じゃありません。一時間ほど前、袖引浦《そでひき》の海岸近くで、水死体で見つかったんです。いろいろと調べたところ、ここに、一昨日《おととい》から泊まっていた客だと分かったものですからね」

袖引浦というのは、島の西海岸にある海水浴場だが、まだ、海水浴の季節でもないのに、あの女は、なぜ、そんなところに行ったのだろうか。

「自殺ですか？」

「さあ、何ともいえませんな。今、宿帳にあった東京の住所に連絡しているところですが、どうも、小山有子というのは、偽名らしいのですよ」

「なぜ、偽名と分かるんですか？」

「近くに、アイスボックスが転がっていたんだが、それに書いてあったイニシァルが、小山有子に合わんのですよ。S・Tですからねえ」

それは、私のアイスボックスだといいかけて、田島は、あわてて、言葉を呑《の》み込んだ。自殺か事故死ならいいが、もし、死因に不審な点でもあったら、たちまち、容疑者にされてしまうに違いないと思ったからだった。

宇田川《うだがわ》という駐在の巡査は、何か気がついたことがあったら知らせて欲しいといって帰って行った。

4

妙な気持ちだった。

昨日、地鉈温泉で抱いた女が、死んでしまったのだ。自殺だとしたら、ここで会う筈だった男が来なかったので、自棄《やけ》を起こしたのだろうか。

（若くて、いい身体をしていたのに、もったいないことをしたものだ）

と、思ったが、それ以上の感慨はなかった。無責任な感想だが、相手が行きずりの女性では、止むを得ないところだろう。

いくら考えても、仕方がないことなので、釣ってきたクチジロイシダイを焼いて貰い、それを肴《さかな》にして、夜半近くまで飲んでから床についたのだが、午前二時頃、宿のカミさんの叫び声で、目を覚ましてしまった。

「泥棒！」

と、カミさんが、叫んでいる。

田島は、寝巻のまま、廊下に飛び出した。

暗い廊下に、明かりがついた。帳場へ降りて行くと、主人夫婦が、青い顔で、うろうろしていた。

帳場の中が、引っかき廻《まわ》されている。宿の主人が、駐在に知らせてくるといって、飛び出して行った。電話線も、切られているのだと、カミさんが、おろおろした声でいった。

「帳場の方で、ガタガタ音がするんで、主人を起こして、来てみたら、このありさまなんですよ」

「泥棒を見たの？」

「黒い人影が、逃げ出して行くのを見ましたよ。でも、顔なんか全然」

カミさんが、溜息《ためいき》をついたところへ、宇田川巡査が、主人に案内されて入って来た。

「立て続けに、嫌なことが起きるねえ」

と、宇田川巡査は、首をふりながら、帳場をのぞき込んで、

「こいつは、ひどい荒らされようだねえ」

と、いった。彼の言葉どおりだった。机の引出しは、ぶちまけてあるし、整理ダンスの五段引出しも、全部、引き抜いて、畳の上に放り出してあるのだ。手提金庫のふたも開いて、中の書類が散乱している。

「盗《と》られたものが分かるかね？」

「今分かっているのは、金庫の中に入れておいた十六万円の現金が失くなっていることだけですよ」

と、カミさんが答えた。

「宝石類は？」

「そんなもの、持ってませんよ」

「どうも、嫌な事件だねえ」と、宇田川巡査は、溜息をついた。

「実は、例の女のことだがねえ。どうも、他殺かも知れなくなって来たんだよ」

「本当ですか？　駐在さん？」

「死体をくわしく調べたら、後頭部が、陥没してるのさ。海に落ちる時、岩角にぶつけたんじゃないかと思ったんだが、どうも、違うんだねえ。何かで、殴られた痕《あと》のようなんだ。くわしいことは、死体を東京に運んで、解剖しないと分からんが」

宇田川巡査の口ぶりは、他殺に違いないといっているように、田島には聞こえた。

（他殺だとすると、おれが疑われるかも知れないな）

と、思った。その証拠に、宇田川巡査は、時々、じろじろ田島の顔色をうかがっているではないか。

(明日《あした》の船で、東京に戻ることにしようか)

と、考えたが、急に、帰ると、それこそ、疑われるのではないかという気もした。それに、盗難事件もある。十六万円が盗まれた事件だって、田島が、疑われないという保証はどこにもないのだ。

「島の人間なら、こんなことはせんですよ」

と、宿の主人は、荒らされた帳場を見ながら呟《つぶや》いた。もちろん、何気なくいったのだろうが、田島は、嫌な気がした。宇田川巡査だって、多分、この土地の人間だろう。そうなると、ますます、田島が疑われることになりそうだ。とにかく、彼は、他所者《よそもの》なのだから。

翌日は、どんよりした曇り空だったが、田島は、一昨日、昨日と同じように、弁当を作って貰《もら》って、釣りに出かけた。妙な行動を取って、あらぬ疑いをかけられるのが嫌だったからである。

昨日、クチジロイシダイが釣れた孫市の磯に出かけた。クチジロを、イシダイと同じものだという人もいれば、違う魚だという人もいるが、釣りあげる時の面白さは同じである。

昨日のポイントに、コマセをし、置き竿《ざお》をして、当たりを待っていると、背後に人の気配がした。妙な事件が続いたあとなので、何となく、ギョッとして振り向くと、島へ来る船で一緒だった中年の釣り師二人が、近づいて来るところだった。

「釣れますか？」

と、サングラスをかけた、背の高い方が、田島にきいた。

「昨日、クチジロを二枚あげましたよ。釣果は、今のところそれだけです」

「それなら、大したもんだ」

ずんぐりと太った方が、かついでいたアイスボックスを下ろし、

「わたしたちも、この辺りで、釣らして貰おうじゃないか」

と、連れにいった。

「そうだな」

サングラスは、「よいしょ」と、声を出して、アイスボックスや、磯竿を、その場に下ろした。

田島が、黙って見ていると、彼のすぐ傍で、二人は、竿をつなぎ始めた。

釣り人には、釣り人のエチケットというものがある。どんなに気に入ったポイントでも、先人があれば、他を探すのが礼儀だし、先人の迷惑になることは、つつしむのが、最低限のエチケットである。魚は敏感だから、声高に話したり、足音を立てたりしないのも、釣りのエチケットである。それに、先に釣っている人がいたら、離れた場所で釣るのもエチケットの一つの筈《はず》なのだ。

それなのに、この二人は、田島のすぐ傍で、がたがたと、やり始めたのだ。大声で話すし、途中で飲んだらしい缶ビールの空缶を、目の前で、平気で海に投げたりする。田島は、むっとした顔で、二人を睨《にら》みつけたが、相手は、平気な顔で今度は、ハンマーで、岩を叩《たた》き始めた。足場を、自分に都合のいいように削る気らしいが、その破片も、海に投げ込むのである。

田島は、とうとう我慢がしきれなくなって、

「困るな」

と、二人にいった。

「そんなことをされちゃあ、折角、コマセで寄せた魚が逃げてしまうよ」

自分では、つとめて、おだやかにいった積もりだったが、顔が引きつっているのがわかった。海釣りを始めてから五年になるが、こんな乱暴な、エチケット知らずの釣り師に出会ったのは、初めてだった。

「ふん」

と、サングラスをかけた方が、馬鹿にしたように、鼻を鳴らした。

「自分だけ、もう二枚も釣り上げといて、まだ釣る気なのかねえ」

と、太った方が、眉《まゆ》をひそめて見せた。

そのあと、どんな話のやりとりになったか、田島は、あとになって、はっきりと思い出すことが出来ない。

二人は、露骨に、田島に、このポイントを明け渡せというようなことをいったのだ。釣り師にとって、自分の発見したポイントは、絶対に、他人に譲れない宝である。川釣りでも、海釣りでも同じだった。好場所争いで、殺人事件が起きたことがあるほどである。

喧嘩《けんか》になった。

田島も、学生時代には、バスケットの真似事をしていたから、体力には、多少の自信があったのだが、相手は、二人である。それに、二人とも、意外に強かった。

田島も、二、三発、相手を殴りつけたが、最後は、磯場に殴り倒されてしまった。二人は、それだけでは我慢出来ないのか、田島の身体を二人で抱えあげると、いきなり、海に放り込んだ。

式根島の磯は、他の島と違って、岸から急に深くなっている。一〇メートル以上の深さがある。

田島は、頭から海にもぐった。あわてて、足を強く蹴《け》り、海面に出た。二人が、逃げて行くのが見えた。

這《は》い上がろうと思うのだが、波が打ち寄せるのと、滑るので、なかなか岩礁に上ることが出来ない。

数分間、悪戦苦闘したあげく、やっと釣り具を置いた磯に戻ることが出来た。大きく息を吐いて、田島は、しばらくの間、仰向けになって、目を閉じていた。全身びしょぬれだが、六月で助かったと思う。これが冬だったら、間違いなく凍死していただろう。

十二、三分、そうしていてから、起きあがった。煙草を吸おうと思ったが、海水に濡《ぬ》れて、ぐちゃぐちゃになってしまっていた。

「畜生ッ」

と、田島は、改めて、腹が立ち、海に向かって怒鳴ったものの、相手の二人が消えてしまっていては、喧嘩にもならなかった。

もう一度、釣り糸を垂れる気にもなれず、田島は、竿をしまって、引きあげることにした。

宿に帰る途中で、駐在の宇田川巡査に出会った。

「駐在さん」

と、田島の方から声をかけたのは、あの二人のことが、どうにも腹にすえかねたからだった。

「東京から来た二人の釣り師を、すぐ逮捕して下さい。あいつらは、ニセ釣り師だ。僕を海に放り込んで、殺そうとしたんですからね」

「殺そうと？　なぜ、そんな目にあったんですか？」

宇田川巡査は、びっくりした顔で、田島を見た。彼の着ている服は、まだ生乾きである。

「釣り場のことで、口論になりましてね。あまりにも、相手が、釣りのエチケットに反することをするものだから、僕も、思わず、かッとしましてね。それで口論になったんですよ。そしたら、あの二人は、いきなり僕を、海に放り込んだんです」

「喧嘩ですか」

なんだ、という顔を、宇田川巡査はした。

「でも、僕は、殺されかけたんですよ」

「正確にいえば、海に放り込まれたんでしょう。それに、あなたは、無事だ」

「泳げなければ、今頃は、死んでいますよ」

「かも知れませんが、こちらは、今、殺人事件と、現金盗難事件を抱えて、四苦八苦しているんです。喧嘩のことにまで、手が廻《まわ》らんのですよ」

「小山有子という女性は、他殺と決まったんですか」

「死体を今日の船で東京に運びましたから、明日の朝までには、解剖結果が分かる筈です。具体的なことが分かるのは、その時ですが、私は、他殺だと確信しています」

「他殺だとすれば、殺したのは、あの二人かも知れませんよ。僕と同じように、彼女も、海へ投げ込まれたんですよ。きっと」

「釣り場を争ったあげくにですか？」

と、宇田川巡査は、苦笑した。

「残念ながら、違いますねえ。足付旅館の主人は、彼女が、東京へ帰るといって、宿を出たといっています。それに、釣りをしようとしていた様子はないのです。もう一つ、殺されたのだとした場合、彼女は、海に投げ込まれて溺死《できし》したんじゃありません。後頭部を殴られ、それで死んだんですよ。つまり、彼女は、殺されたあと、海に投げ込まれたことになるんです」

「僕を海に投げ込んだ二人については、調べたんですか？」

「盗難事件があったので、一応、この島に来ている観光客は、全部、調べましたよ。あなたのいう二人は、吉沢《よしざわ》旅館に泊まっている男二人の客でしょう。どちらも東京の人で、名前も分かっています。イシダイを釣りに、この島へ来たといっていますよ」

「あの二人は、悪人ですよ」

「あなたを、喧嘩のあげく、海へ投げ込んだからですか？」

「それもありますが、本当の釣り師じゃないからですよ。釣りのエチケットを知らない釣り師なんて、ニセモノだし、悪人に決まっています」

「私は、釣りにくわしくないので、何ともいえませんな」

と、宇田川巡査は、そっけなくいった。

5

宿に帰って、田島が、折角つくって貰《もら》った昼の弁当を、部屋で食べていると、カミさんが入って来て、

「午後も、釣りにいらっしゃいますか？」

と、きいた。

「どうしようかと、迷っているんだが、なぜだい？」

「ハタカ根で、五キロのイシダイがあがったと、土地の者から聞きましたもんですからね」

「しかし、ハタカ根に渡るには、船がいるんだろう？」

「うちの弟が漁師をしていましてね。頼めば、船を出してくれますよ」

と、カミさんは、いってから、

「ところで、アイスボックスは、どうなすったんですか？　お客さんのと違うような気がするんですけど」

「ああ、それか」

と、田島は、頭をかいて、

「死んだ女性の客がいたろう。彼女が、よく似ているんで、間違えて、僕のを持って行っちまったんだ。取り換えたかったんだが、あの駐在の巡査に、変な目で見られるのが嫌なんでねえ」

「そのことなら、分かってましたよ」

「え？」

田島は、変な顔をした。どうもおかしい。

「じゃあ、違っているというのは、どういうことなの？」

「また、どなたのかと、取り違えて、おいでになったのかと思いましてね」

「まさか」

と、田島は立ち上がり、階段をおりて、玄関へ出てみた。

アイスボックスは、玄関に置いてある。確かに、宿のカミさんのいうとおりだった。違っているのだ。

田島のも、死んだ女のも、うすいブルーだったが、これは、グリーンだ。すぐ違うと分かるのに、気がつかずに持ち帰って来たのは、あの二人に海に投げ込まれたことで、かあッとしていたからだろう。

（これは、あの二人のどちらかが持っていたアイスボックスだ）

と、思った。他には、考えられない。

田島は、ふたを開けてみた。イシダイでも入っていれば、ざまあみろといいたかったが、中は、からっぽだった。当然だった。あんなニセ釣り師に、イシダイが釣れる筈《はず》がないのだ。

（とすると、あの二人のどちらかが、間違えて、おれのアイスボックスを持って行ったことになるが）

それだけ、向こうも、興奮していたということなのだろうか？

（だが、待てよ）

と、田島は、考え直した。彼の（正確にいえば、あの女のだが）アイスボックスは、彼のいたすぐ横に置いてあった筈だ。

あの二人のアイスボックスとは、五、六メートルは離れていた。それでも、間違えて、持って行くだろうか？

（いや。彼等は、意識して、アイスボックスを取りかえて、持ち去ったのだ）

そう考えた瞬間、目の前のもやもやが、急に、消え失《う》せていくのを感じた。パズルが、いっきょに解けた感じでもあった。

田島は、宿を飛び出すと、駐在の宇田川巡査をつかまえに走った。

彼は、小山有子という女が、死体で浮かんでいた袖引浦にいた。田島は、そこで宇田川巡査をつかまえると、

「僕の話を聞いてくれませんか」

「どんな話です？　あの喧嘩《けんか》の話なら、聞いても仕方がありませんよ」

「いや。一つの物語です。僕の空想ですが、今度の事件と、関係があるのです」

「本当なら、聞きたいですがね」

「ここに、若くて、美しい女がいたと思って下さい。仮にA子としておきましょうか。彼女には、東京に好きな男がいました。その男が、ある日、大金を手に入れたのです。強盗か、サギか分かりませんが、不正な手段によるものだったことだけは確かです。男は、その大金をA子に渡し、この式根島で落ち合うことに決めました。A子は、怪しまれるのを恐れて、女釣り師に化け、海釣りに島に来た風を装い、足付旅館に泊まったの

です。大金は、アイスボックスを二重底にして、そこへかくしてあったのです。A子は、男が島へ来るのを待ちましたが、なかなか、やって来ない。島に来て二日目の夜、A子が、地蛇温泉へ行こうとすると二人の男がつけて来るのに気がつきました。見覚えのある顔でした。好きな男の悪い仲間です。彼等が、釣り師に化けて、ここへ来たということは、好きな男に何かあったに違いない。彼等は、A子が持っている大金を奪い取るためにやって来たに違いない。そう考えたA子は、とっさに、芝居を打つことにしたのです。その芝居の相手をさせられたのが、呑気者《のんき》の僕だったというわけです。A子は、さも、連れが僕だというように、湯壺《ゆつぼ》の中で、僕に抱きついて来ましたよ。そうやって、一時的に、悪者二人をごまかしておいて、A子は、翌朝早く、宿を発《た》ちました。あの時間では、まだ連絡船が来ませんから、多分、金で漁船を借りて、東京なり、下田《しもだ》なりへ、逃げる積りだったのでしょう。ところが、漁船を探しているところを、悪者たち二人に見つかってしまったのです。彼等は、A子を殴り殺してから、海に放り込みました。しかし、大金は見つかりません。見つからないのも当たり前で、A子は、あわてて宿を発つ時、同じ大きさで、同じ色の僕のアイスボックスを、間違えて、持って行ってしまっていたからですよ。A子を殺した男二人は、彼女が、大金を、足付旅館の帳場にあずけたのではないかと考え、夜半過ぎに忍び込み、帳場を探し廻りました。

しかし、見つからない。腹を立てた二人は、行きがけの駄賃に、金庫の中の十六万円を盗み取りました。そのあと、二人の男は、いろいろと考えてみたに違いありません。

そして、アイスボックスに気がついたのです。彼等は、僕からアイスボックスを取り上げる計画を立てました。僕が磯釣りをやっているところへやって来ると、わざと、エチケットに反することばかりやって、僕を怒らせたのです。頭の単純な僕は、あっさりと引っかかって、喧嘩になりました。二人は、僕を海に放り込むと、まんまと、A子のアイスボックスを手に入れたのです。

あの時の時間は、確か十一時に近かった筈ですから、連絡船は、もう出ていたに違いありません。とすると、この二人は、漁船で島から脱出しようと、走り廻っているに違いありませんね」

田島が話し終わると、宇田川巡査は、顔を真っ赤にして、駆け出して行った。

石垣殺人行

1

東京は梅雨冷えだったのに、沖縄の那覇《なは》空港は、すでに真夏であった。日航のボーイング747ジャンボ機から降り立った乗客は、東京とは違う強烈な太陽の光に、一様に目を細め、若者たちは、あわててサングラスをかけた。

岡田《おかだ》は、タラップを降りながら、上衣を脱ぎ、それを腕に抱えた。

「東京とは、空気が違うわ」

と、妻の由美子《ゆみこ》が、若やいだ声をあげてから、夫の同意を求めるように、「ね？」と、岡田を振り返った。

岡田は、黙って微笑した。が、由美子が、空港ロビーに向って歩き出した時、彼の顔から、その微笑は消えていた。

新婚旅行のやり直しをしようと、岡田は、四泊五日の沖縄の旅に由美子を誘った。

由美子は、すっかりその積りで、飛行機の中でも、十七、八の娘のようにはしゃいでいたが、岡田は、この旅行中に、二人の仲を清算する積りだった。

由美子が、離婚に同意する筈がない。だから、岡田は、この旅行中に、事故をよそおって、妻を殺す気でいた。

六年前に結婚してから今日までの間、さまざまなことが、二人の間にあった。そのどれが、今の岡田の殺意に発展したのか、彼自身にも、はっきりとは分からない。どれがというよりも、小さな不満が、少しずつ重なって、殺意にまで高まったといったほうがいいだろう。

人間同士の関係ほど不思議なものはない。

結婚前、由美子の美点だと思ったものが、今は、逆に、どうしようもない欠点に思えるのだ。

由美子は、のんびりした娘だった。

あたしは、両親に伸び伸びと育てられたからと、彼女は、自慢そうにいい、岡田も、小さなことに拘《こだわ》らない彼女のそんな性格を愛したのだった。

だが、今は、それが、我慢のならない鈍感さに映るのだ。

由美子の明るさと、話好きも、岡田が愛した美点の一つだった。どちらかといえば、社交下手で、無口な自分には、正反対な彼女の性格が丁度いいとも思ったのである。

それが、今は、遊び好きのがさつな女としか思えなくなっていた。

人間の美点とか欠点というのは、所詮《しょせん》は、その人間を愛するか憎むかによって、どちらにもなり得るものなのだろう。

離婚の話も、何度か二人の間に出た。その度に、由美子は、多額の慰謝料を要求した。最初が一千万円。次は、それが千五百万円になり、最後には二千万円になった。一千万円でも、三十歳で、中小企業の係長になったばかりの岡田に払える金額ではなかった。それを承知で、金額を吊《つ》り上げる由美子に、岡田は、女特有の底意地の悪さを感じないわけにはいかなかった。

自分から蒸発するか、由美子を殺すかしか、自由になる道はないと、彼は思い込んだ。職を投げうって姿を消すには、入社して六年。やっとつかんだ係長の椅子は、捨てるには惜しかったし、何よりも、同じ職場の二十三歳の片桐明子《かたぎりあきこ》という娘に惚《ほ》れてしまっていた。

妻に不満の男が、職場の若い娘にのぼせてしまう。いかにも通俗的な、よくある話かも知れなかったが、岡田は、その時から、妻の由美子を殺すことを考えたのである。

岡田は、急に由美子に優しくなった。そして、今度の旅行に誘ったのである。

2

那覇から、石垣島《いしがき》へは、南西航空のＹＳ11に乗りかえである。

岡田と由美子は、石垣島行の飛行機が出るまでの間、空港ロビーで、一休みすることにした。

レストランの窓際のテーブルに腰を下し、岡田がコーラを、由美子がレモンスカッシュを頼んだ。

近くのテーブルには、東京へ帰る若者たちが、飛行機を待ちながら、声高に喋《しゃべ》っている。どの顔も、陽焼けして真っ黒で、バナナの葉であんだ帽子をかぶったり、女の子は、髪にハイビスカスの花を差したりしている。

岡田は、強烈な太陽が照り返す滑走路を、見るともなく眺めていた。

陽炎《かげろう》が立ち上っていて、向うに翼を休めているボーイング747が、ゆれて見える。

（どうやって殺したらいいのだろうか？）

事故に見せかけてとは考えていても、まだ、具体的な計画が出来ているわけではなかった。

石垣島に三日間滞在する予定になっていたから、その間に、ボートで海に出て、溺死《できし》に見せかけて殺してしまおうか。ただ、由美子は、高校時代水泳部にいたというし、新婚旅行でグアムに行った時も、なかなか上手《うま》い泳ぎを見せたから、この方法は、難しそうだ。

ホテルのベランダから誤って落ちたように見せかけるのも悪くない。

夜、一人で散歩に出かけた妻が、暴漢に襲われて殺されたというのはどうだろうか。

いろいろな考えが、次から次へと浮んで来るのだが、どの方法も、一長一短あって、上手くいきそうにも思えるし、失敗しそうにも思えてくる。

突然、目の前が暗くなったと思った瞬間、滑走路を、猛然と大粒の雨が叩《たた》き始めた。

南方のスコールを思わせるような沛然《はいぜん》たる雨足だった。

近くで、窓を開けて食事をしていたカップルが、あわてて窓を閉めている。

五分もすると、降り出した時と同じように、雨は、唐突に止み、また、亜熱帯の太陽が、かあッと照りつけた。

三十分近く待ってから、岡田たちは、石垣島行のYS11「そてつ」号に乗った。

席は二つぐらいしか空いていなかった。観光客と、地元の人が半々くらいで、いかにも琉球《りゆうきゆう》の人という感じの色の浅黒い、ひげの濃い、眉毛《まゆげ》の太い青年や、同じように浅黒く、目のくぼんだ、彫りの深い娘の姿も見えた。

飛行機が離陸して海上に出ると、窓際に腰を下した由美子は、次々に眼下に現われる小さな島の美しさに、歓声をあげ続けた。

確かに、この辺りに点在する島と、それを取り巻く海は美しい。

どの島も、サンゴ礁の島で、環礁《リーフ》を持ち、外海が濃いコバルトグリーンなのに、リーフの中は、淡いグリーンだったり、ブルーだったり、時には、下が砂地だと、上からは黄色く見えたりする。

岡田も、窓の下の海を、時々、眺めていたが、頭の中では、いぜんとして、妻を殺す手段を考えていた。

由美子の方は、無心に「きれいッ」と叫んだり、カメラを向けて、パチパチと、シャッターを切っている。

まだ、妻は、こちらの殺意に気付いていないと、岡田は思い、この様子なら、上手くいくぞと、自分にいい聞かせた。

約一時間二十分で、「そてつ」号は、石垣空港に着陸した。

石垣島は、位置から見ると、台湾《たいわん》の中北部とほぼ同じ緯度にある。そのせいか、降り注ぐ太陽は、那覇空港のそれよりも、一層強さを増したように思えた。

タラップを降りて、石垣空港の可愛らしい建物に向って歩いて行く間、コンクリートの滑走路への太陽の照り返しは、眩《まぶ》しいというよりも、目に痛かった。

岡田と由美子は、サングラスを取り出してかけた。

今度の旅行の切符は、交通公社に頼んだので、航空券と、ホテル代とがパックになっていて、石垣では、石垣観光ホテルに泊る予定になっていた。が、迎えの車は、まだ来ていなかった。

その車を待つ間、岡田と由美子は、一見、仲の良い夫婦という感じで、空港ロビーの一角にある売店をのぞいたりした。

サンゴや貝の細工物や、世界最大といわれるヨナグニ蛾の標本や、ハブのはくせいなどが並び、お菓子としては、バナナやパイナップルの砂糖漬などが売られていた。華やかな紅型《びんがた》のテーブルクロスなども置いてある。

蛇の嫌いな由美子は、ハブのはくせいや、ハブ酒の前は、目をつぶって通り抜けている。

ハブに嚙《か》まれて由美子が死ねば、完全な事故死になるのだがと、ふと思ったが、案内書を読むと、ハブが人前に現われることは、めったにないと書いてあった。

しばらくして、ホテルの名前を横腹に書いた迎えのマイクロバスが来た。

岡田たちの他に、若者の観光客数人が乗り込んだ。
七、八分も走ると、もう石垣市に入った。
東京からジェット機で那覇まで二時間半、更にYS11で一時間二十分の空の旅をして来たので、いかにも、南の果てに来たという感じだったが、実際に目にした石垣の街は、道路は舗装され、高層ビルこそないものの、三階か四階建ての鉄筋コンクリートの建物が並んでいた。

その間に、昔ながらの赤瓦《あかがわら》の屋根で、サンゴ礁を石垣にした民家が点在するところは、やはり、琉球の感じだった。そうした民家の垣根越しに、たいていハイビスカスの花が、顔をのぞかせていた。

石垣市は、海沿いに開けた町である。

二人の泊る石垣観光ホテルも、海が見える場所にあった。

石垣市では、一番大きなホテルということだったが、三階建ての小ざっぱりした旅館という感じだった。

ドアを開けて中に入ると、ホテルのフロントというより旅館の帳場という感じのところに、ホテルの一人息子だという、のんびりした感じの背の高い青年がいて、岡田に、部屋の鍵《かぎ》を渡してくれた。

三階の海に面した部屋だった。

部屋には、クーラーがついていた。岡田はスイッチを入れてから、ツインベッドの片方に腰を下した。

妻の由美子は、さっそく、スーツケースを開け、夕食に着る洋服を、あれこれ選んでいる。

恋人同士だった頃の由美子は、まだ二十代前半の若さだったせいか、旅行に行っても、ジーパンに、Tシャツで平気で通したりしていたものだが、三十歳になった今は、やたらに服装に凝るようになった。それだけ、若さを失ったことを自覚しているのだろうか。今度も、四泊五日の旅なのに、新しいドレスを三着も買い込んで持って来ていた。

岡田は、煙草をくわえて、部屋を見廻《みまわ》した。

ひどく、だだっ広い部屋だった。東京のホテルのツインルームの二倍はあるだろう。よく見ると、大きいのは部屋だけではなかった。ベッドも大きいし、衣裳《いしよう》ダンスも丈が高い。その上、部屋の壁は、白ペンキが塗ってあるのだ。

外見は、小ぢんまりしたホテルなのに、部屋の造りは、大ざっぱで、西部劇の中に出て来るホテルの感じである。

そこまで考えてから、岡田は、沖縄本島をはじめとして、この石垣島も、つい最近まで、長いアメリカ軍の占領下にあったのを思い出した。

多分、その当時、このホテルは、米軍が宿舎にでも使っていたのだろう。だから、部屋全体がだだっ広く、ベッドも衣裳ダンスも大きいのだ。

岡田は、煙草をくわえたまま、ベッドから立ち上り、アルミサッシの窓を開けてみた。

下は、コンクリートで高さは七、八メートルはある。逆さに突き落せば、頭蓋骨《ずがいこつ》が砕けて、恐らく即死だろう。

その向うに、ソテツの並木道があり、更に、その向うには、真っ青な海が広がっている。風が出て来たのか、白い波頭が見えるが、その中を、ホーバークラフトが、猛烈なスピードで、沖に向って走って行くのが見えた。

石垣島の五キロ沖にある竹富《たけとみ》島へ行く船だった。

夕食になると、由美子は、紫色の、ざっくりと背中のあいたドレスを着た。パーティにでも出かけるような服装だったが、岡田がいっても聞かないことは分かっていたから、何もいわなかった。

一階の食堂に降りて行くと、泊り客は若者が圧倒的に多くて、そのせいか、ゴム草履にジーパン、Tシャツという恰好《かっこう》が、男女ともほとんどだった。

そんな中で、裾《すそ》の長いドレス姿の由美子は、一種異様だった。が、彼女自身は、気に入って、銀座で買って来たそのドレスが、自慢のようだった。

「あたし、きれいに見えて？」

と、由美子は、小声で、岡田にきいた。

「ああ、きれいさ」

と、岡田はいった。

　夕食は、ラフテーと呼ばれる沖縄独特の豚肉料理、きしめんともラーメンともつかない沖縄そばなどと一緒に、なぜか、ビフテキがテーブルに並んだ。岡田には、少し味が濃い感じだが、美味《うま》かった。

　そそくさと夕食をすませた若者たちは、さっさと、街に見物に出かけて行く。

　食堂には、岡田と由美子が取り残された。

「あたしたち、この旅行をチャンスに、やり直しましょうよ」

　由美子が、箸《はし》を止めて、岡田を見た。

　一瞬、岡田は、胸に抱き続けて来た殺意が、消えそうになるのを感じて、あわてて、ふみ止まった。

　由美子の口から、これまでに、何度、「やり直しましょう」という言葉が出たか分からない。だが、彼女のいうやり直しとは、常に、岡田の一方的な反省を要求するものだった。

　しかし、今は、殺意をけどられてはならなかった。

「いいね」と、岡田は、微笑した。

「僕も、悪かったと反省しているよ」

「あたしも、あなたが反省してくれさえすれば、何もいうことはないの」

　と、由美子も、満足そうにいった。

「これから、町を見物に行く？」

由美子が、きいた。

「行きたいが、僕は少し疲れたよ。飛行機を乗り継いで来たんでね。年齢《とし》かな」

「じゃあ、あたし一人で、見物してくるわ」

由美子は、元気にいい、一人でホテルを出て行った。

3

岡田は、部屋に戻ると、ベッドに腹這《はらば》いになり、空港の売店で買った石垣島の地図を広げた。

明日は、車で島内見物をする予定である。

石垣島は、三角形が細長く崩れたような形で、石垣市の北四十五分の所に、川平《かびら》という入江がある。

地図についている説明によると「真っ青な海、真っ白な砂浜、その景観は自然美の極致である」と、絶賛している。とにかく美しいところらしく、湾内では、黒真珠の養殖が行われているとも書いている。

由美子は、宝石が好きだから、きっと、はしゃぐことだろう。

川平の説明には、更に「この辺り、潮流が速いので注意」とも、付け加えてあった。

どれほどの速さか分からないが、死体が、あっという間に外海に持ち去られるほど速いのだろうか。もし、そうだったら、由美子を殺す場所の候補になる。

（だが、よく考えてみなきゃいけないぞ）

と、岡田は、慎重に自分にいい聞かせた。

川平湾のような場所は、観光客も多い筈《はず》だ。死体は上手《うま》く外海へ持ち去られるとしても、彼女を殺すところを目撃される心配は十分にある。

もっと北の方はどうだろう。地図によると、川平を過ぎてからは、熱帯原生林とか、ヒルギ林とか、椰子《やし》林などが広がっているが、民家の印は、ほとんど記入されていなかった。

無人の海岸も多いだろう。レンタカーで、由美子を人気《ひとけ》のない砂浜に誘い出し、そこで殺すのはどうだろうか。

殺しておいて、原生林の奥に捨てるか、海へ投げ込んだら上手くいくだろうか。

殺すところは目撃されずにすみそうだ。だが、ホテルには夫婦として泊っているし、一緒に車で出かけながら、岡田一人だけがホテルに帰って来たら、たちまち怪しまれてしまうだろう。

人気のない海岸で、一緒に泳いでいたら、妻の由美子が波にさらわれてしまったと、地元の警察に届けたらどうだろうか。

だが、海に投げ込んだ死体というのは、やがて、岸に流れ着いてしまうものではないだろうか。そうなったとき、溺《おぼ》れたと届けたのに、絞殺した痕《あと》とか、後頭部に打撲傷があったら、たちまち逮捕されてしまうに決っている。

(どうも、上手くないな)

と、岡田は、舌打ちした。

四泊五日の沖縄旅行中に、事故に見せかけて殺すと、簡単に考えて、勇んで由美子を旅行に連れ出したのだが、石垣島に着いて、現実の問題になると、どうしてよいか分からなくなってしまう。

由美子は、午前零時近くなって、酔っ払って帰って来た。

「どうしたんだ?」

と、岡田が、眉《まゆ》をしかめてきくと、由美子は、どでんと、ベッドに仰向けにひっくり返って、

「楽しかったわ」

「何がだ?」

「土産物店を見てたらね。若い人たちと一緒になっちゃったの。みんな、このホテルに泊ってる人たちでね。ほら、夕食の時、食堂で一緒だった若い人たちがいたでしょう。あの人たちよ」

「ふーん」

「話し合ってる中《うち》に、すごく意気投合しちゃって、全員で、ディスコに押しかけたのよ。そのあと、あたしがバーに誘って、今まで飲んでたの。あなたも一緒だったら楽しかったのに」

「僕は、あまり酒が好きじゃないんだ。それは、君も知っている筈だ」

仲の良いところを見せておかなければと思いながら、岡田は、つい、腹立たしくなって、寝そべっている由美子を睨《にら》んでしまった。

よくいえば、明るく朗らかだが、身勝手で、遊び好きなのだ。

「お水」

「何だって？」

「お水頂戴《ちょうだい》」

由美子は、酒くさい息を吐いて、岡田にいった。

岡田は、むかつくのを、ぐっと抑えて、コップに、魔法びんの冷水を注いで、由美子のところへ持って行った。

由美子は、ニッと笑って、それを受け取って、

「ありがとう。でも、怒ってるみたいね」

「別に怒ってやしないよ」

「あたしが、若い男性と飲み歩いてたんで怒ってるのね？」

「怒ってやしないといった筈だ」

「怒ってるわ。でも、安心して頂戴。若い女の子も一緒だったんだから」

「怒っていないといったろうが。明日、車で島めぐりをするんで、君が疲れたらいけないと思っただけだ。早く寝なさい」

岡田は、ますます、由美子が嫌いになり、ますます、彼女に対する殺意が強まるのを感じながら、ベッドにひっくり返って眼を閉じた。

4

翌日の朝食の時、由美子は、昨日一緒に飲み歩いた若い男女に、誰彼となく声をかけ、けたたましい笑い声をあげた。

「キミ、酔っ払って道でひっくり返っちゃったけど、あれからどうしたの？　え？　そう、無事に帰れたの。そりゃあよかったわ」

「あんたは、女の子にしちゃあ、飲めるんだね。末恐ろしいな。ほんとに」

そんなことを、楽しそうに喋《しゃべ》っている。昔は、それを、生来の明るさだと思い、歓迎したものだったが、今は、うとましいだけである。若者たちの方で、由美子を相手にしてくれなければ、彼女のはしゃぎようは、ひとり相撲になって、ざまあみろと思うのだが、今の若者は、調子がいいのか、由美子の相手になって、結構、キャア、キャア騒いでいる。

岡田が、すでにテーブルに着いてしまっているのに、由美子は、十二、三分も、若者たちと騒いでから、やっと、彼のところへ、上気した顔でやって来た。

「楽しそうだね」

と、岡田は、皮肉をこめていった積りだったが、由美子は、彼の感情など無視した呑《のん》

気《き》な顔で、彼の前に腰を下すと、

「若い人と喋ってると楽しいわ」

と、上気した顔でいった。

「君はもう彼等ほど若くはないよ」

岡田は、どうしても、皮肉ないい方になってしまった。どうせ、この旅行の間に殺してしまうのだから、由美子が誰と話そうと構わないようなものだが、自分の存在を無視された態度をとられると、やはり、腹が立ってくる。これは、どういう心理状態なのだろうか。

嫉妬《しっと》では、もちろんない。由美子に対する愛情は、すでに冷え切ってしまっているのだから。

分からないままに、岡田は、朝食をすませた。

石垣には、いくつかレンタカーの会社があると岡田は聞き、その中の一社を、ホテルで紹介して貰《もら》い、そこで、一日五千円で、アイボリイホワイトのカローラを借りた。クーラーのついていない車だったが、窓を全開しておくと、さわやかな空気が入って来て気持が良かった。

「まず、川平湾に行こう。景色がいいし、黒真珠の養殖が見られるらしい」

ハンドルをあやつりながら、岡田は、由美子にいった。

「いいわ。行きましょう」

と、由美子は、ニッコリした。

「景色にも、黒真珠にも、興味があるわ」

由美子が、肩を寄せてくる。他人が見たら、仲の良い夫婦に見えることだろう。ハンドルを持っている夫の方が、妻を殺そうと考えているなどとは、とうてい思うまいと、岡田は、運転しながら、考えていた。

石垣の市内を出るまでは気を遣ったが、市外へ出てしまうと、気にならなくなった。ほとんど、車の姿が見当らないからである。

ただ、一歩外へ出ると、道路は未舗装でスピードを出すと、もうもうと土煙があがるのには閉口した。クーラーがないので、窓を開けていると、その土煙が容赦なく飛び込んで来る。といって、窓を閉めていると、暑くてかなわない。

仕方なく、道悪な箇所では、スピードを落し、道が良くなると、スピードをあげることにした。

今日も、相変らず強烈な陽ざしだった。半袖《はんそで》のシャツで運転していたのだが、開けた窓から外に出した片手が、一時間もすると、真っ赤に陽焼けしてしまって、ひりひりした。

川平公園に着くと、もう数台の車が止まっていた。

有名な川平湾といっても、崖《がけ》の上には、食堂を兼ねた土産物店が二軒ばかりあるだけで、本土の観光地のような賑《にぎ》やかさはない。

車を降りて、まず、土産物店をのぞいてみた。

ここにも、若者たちが、わいわい騒ぎながら、土産物をひやかしていた。子供を連れた家族の観光客を、まだ一人も見ないのは、やはり、家族旅行には遠すぎるからだろうか。

二、三百円と安い貝細工のネックレスから、一万円、二万円のべっこう細工まで、雑然と並べてある。

ここの名物の黒真珠も、ケースの中に並んでいた。本土に比べて安いのではないかと思って来たのだが、意外に高かった。

それでも、岡田は、自分の殺意を気どられたくないので、三万円の粒を、由美子に買い与えた。

隣の食堂では、若者たちが、ラーメンを食べていた。若者というのは、何処へ来てもラーメンを食べるのか。もっとも、ここではラーメンが一番安いようだった。

岡田と由美子は、クーラーの効いた食堂に入り、ラーメンと同じように、何処にでも進出しているコーラを飲んだ。

土産物店の裏から、急な坂道を降りて行くと、眼下に、川平湾の景観が広がった。

さすがに、観光案内に、「自然美の極致」と書いてあるだけのことはあった。

深く広い入江は、五色の水をたたえている。深さによって、海水の色が違うのだ。

入江の中には、緑に蔽《おお》われた可愛らしい島が点在している。それらの島も、サンゴ礁である。

二人は、白く眩《まぶ》しい砂浜に降りた。サンゴの細片で作られた浜は、キラキラと、太陽の光を反射している。

広告一つなく、拡声器の不粋な声も聞こえて来ない。あるのは、自然だけである。

潮流が速いので遊泳注意の立札が立っていたが、水着姿の若者たちが数人、泳いでいた。

「泳ぐかい？」と岡田は、由美子にきいた。

「泳ぐんなら、車から水着を取って来てやるよ」

泳いでいる中《うち》に、彼女が、潮流に流されて、死んでくれたらと思ったのだが、由美子は、首を横にふった。

「昨日飲みすぎたのか、ちょっと頭が痛いの。それより、あなた一人で泳いでいらっしゃったら。あたしは、ここで待ってるから」

「君が嫌なら、僕もやめるよ」

と、岡田はいった。

自分一人が泳いで、潮流に巻き込まれてしまったら、由美子を殺すどころではなくなってしまう。

「じゃあ、写真を撮ってくれない？」

と、由美子がいった。

「いいとも」

岡田は、すぐカメラを構えた。由美子を殺した時のためにも、旅行中は、仲のいい夫婦というイメージを作っておく必要があった。
五、六枚、由美子の写真を撮ったあと、「三脚を持ってくれば良かったな。君と二人で並んでいるところが撮れるから」
と、岡田がいった時、

「僕がシャッターを押してあげましょう」

と海水パンツ姿の若い男が、声をかけて来た。
二十三、四歳のすらりと背の高い青年だった。どこかで見た顔だと思ったが、同じホテルに泊った若者たちの一人だった。一緒になって、わいわい騒いでいる時は、個性のない連中だと、岡田は軽蔑《けいべつ》していたのだが、こうして、一人だけ見ると、結構、個性的な顔立ちをしているのが分かった。
今まで泳いでいたとみえて、スリムな上半身に、キラキラと水滴が輝いている。

「あら。確か三浦《みうら》君だったわね」

と、由美子が変にはしゃいだ声を出した。

彼にシャッターを押して貰って、何枚か写真を撮ったあと、由美子は急に泳ぎたいといい出し、ひとりで、水着に着がえに、崖の上にあがって行った。

「きれいな奥さんですね」

と、三浦が、ニコニコ笑いながらいった。

「まあね」

岡田は、あいまいな肯《うなず》き方をした。

由美子がビキニの水着姿で戻って来ると、三浦と二人、水辺に向って駆け出して行った。

岡田は、砂浜に引き上げられているサバニ（くり舟）に腰を下し、膝《ひざ》ぐらいの深さのところで、水をかけ合って陽気に遊んでいる妻と、三浦という青年を眺めていた。

由美子は、もう三十歳だが、痩《や》せぎすな身体つきのせいか、ビキニが、まだ似合う。何年か前だったら、岡田は、三浦に対して嫉妬しただろう。だが、今は、じっと見つめている中に、あの二人を一緒に殺してしまうことを考えた。

石垣島に、夫と旅行にやって来た人妻が、偶然、同じホテルに泊っていた年下の青年に恋してしまう。青年の方も同じだ。だが、人妻は、夫も愛していた。苦しいジレンマに悩んだ彼女は、青年と心中の道を選ぶ。

これなら、何も、事故死に見せかけて殺すような苦労はいらないのだ。毒殺でもいい。二人が死んだあと、妻に死なれた不運な夫の役を、上手《うま》く演じるだけでいいのだ。

岡田は、急に立ち上ると、車に引き返し、ポラロイドカメラを持って来て、由美子と、三浦の傍へ近づいて行った。

「君たち、写真を撮ってやろう」

と、岡田は、二人に向っていった。

「君だって、たまには、若くてハンサムな男性と一緒のところを、写真に撮っておきたいんじゃないか」

岡田が、由美子にいうと、彼女は「ふふ」と、笑い、岡田を挑撥《ちょうはつ》するように、三浦の身体に抱きつくようなポーズを作った。

三浦は、照れたように、ニヤニヤ笑っている。

岡田は、続けて三枚、二人の写真を撮った。

三枚のフィルムは、カメラから飛び出して来て、見る見る、きれいに絵が出てくる。

どれも、恋人のように、抱き合っている写真だった。

(不倫の恋に溺《おぼ》れた二人の証拠写真だ)

と、岡田は思った。

二枚を、自分のシャツのポケットに入れ、一枚を、三浦に渡した。

「こんな写真、貰《もら》っていいのかな」

と、三浦は、嬉《うれ》しいような、当惑したような顔で、頭をかいた。

「貰っときなさいよ」

と、由美子は、三浦の身体をつついた。

5

ホテルに戻ると、岡田は、部屋のクーラーのスイッチを入れてから、

「いい青年だ」

と、いった。

何か考えごとをしていたらしい由美子は、

「え？」

と、きき返した。

「川平湾で会った青年さ。三浦君といったっけな」

「ああ、あの子ね」

「いい青年だ」

「少し図々《ずうずう》しいわ。あの子の仲間には、もっといい男の子がいるわよ」

「そうかも知れないが、あれは、感じのいい青年だ」

「妬《や》けない」

「何が？」

「あたしが、若い男の子と仲良くなって」

「結構じゃないか。たまには、君も、若い男と仲良くして、若さを取り戻して貰いたいと思っているぐらいだ。その方が、僕も、張り合いがある」

「ふーん」

「何かおかしいかね？」

「今朝は、あたしが、若い人たちと話をしてたら、不機嫌だったわ」

「それは、食事の時だったからさ。三浦君は、いつまで石垣にいるんだね？」

「あたしたちと同じで、明後日《あさって》の朝、引き揚げるらしいわ」

とすると、勝負は明日だなと思った。明日の夜、三浦をこの部屋に招待して、妻の由美子もろとも毒殺して、心中に見せかけるのだ。

岡田は、念のために、農薬を入手して持って来ていたが、それを、使えるとは考えていなかった。毒殺しておいて、事故に見せかけるのは、まず無理だと思ったからである。

しかし、心中ならば話は別だ。邪恋の清算は、だいたい毒死と相場が決っている。毒薬の出所が問題にはなるだろうが、決定的なものになるとは思えなかった。青酸であれば、入手経路が追及されるかも知れないが、農薬なら、この石垣島でも使用されている筈《はず》である。

夕食のあと、昨日のように、由美子を一人で散歩に出した岡田は、自分も、そっと、ホテルを出た。

二階を民宿にし、一階が土産物店という家が多い。コンクリート造りなのだが、どことなく本土の建物と感じが違う。最初は、どこが違うのか分からなかったが、ベランダの手すりのスタイルが違うのだ。建物自体は、普通のスタイルなのに、ベランダの手すりが、中国的な模様になっている。それだけ、過去、中国の影響が強かったのだろう。考えてみれば、沖縄本島も、ここ石垣島も、日本本土より中国の方が、地理的に近いのである。

岡田は、酒屋を見つけると、無理をして、ボルドー・ワインを買った。そのあと、町中を歩き廻《まわ》り、やっと文具店を見つけ、昆虫採集用の道具を買い求めた。

岡田は、ワインと、昆虫採集用具を抱えてホテルに戻ると、ドアに錠を下して、由美子と三浦を殺すための準備作業に取りかかった。

まず、コップで農薬を溶かす。

次に、昆虫採集用の注射器に、溶かした農薬液を注入させた。

それを、ワインのびんに注入しておかなければならない。

栓を抜いてしまっては、二人に用心されてしまうだろう。とすれば、コルクの栓の上から注射針を突き刺して、農薬を注入しなければならない。

岡田は、慎重な手つきで、ワインを箱から取り出した。栓をしたまま、その上から注射針を突き刺した。

途中で針が折れてしまっては、なんにもならない。慎重の上にも、慎重にやる必要がある。

岡田は、びんを片手で押え、片手で、少しずつ、注射針を押し込んでいった。クーラーがかけてあるのに、額に汗が浮び、それが、流れ落ちてくる。いったん、手を止めて、汗を拭《ふ》き取った。

五分もかかって、やっと、注射針の先が、栓を貫いた。それから先は楽だった。

農薬液を注入し終ると、ワインを、元のように箱に入れた。

最後は、残った農薬と、昆虫採集用の道具の始末である。

妻の由美子と三浦という青年を、心中に見せかけて殺しても、農薬の残りや、注射器などが見つかったのでは、なんにもならない。

海に捨てるのが、一番無難だろうと考え、岡田は、紙袋に入れてホテルを出た。

こんな時、町が明るいと、後ろめたさと、不安を感じるものだが、有難いことに、夜の石垣の町は、東京の夜のように明るくはなかった。

映画館やバーがあるとはいっても、街灯も少なく、ネオンサインも、ほとんどなかったから、足元は暗い。特に、大通りから路地に入ると、明りは、家から洩《も》れてくるものだけになってしまう。

岡田は、土産物店が並ぶ通りから、岸壁へ抜ける路地に入った。

磯の香りが強くなったと思うと、すぐ、岸壁に出た。

漁船や、他の島への連絡船が、つながれていて、ゆっくりと上下にゆれている。

岡田は、岸壁の先端に向って歩いて行き、思い切り遠くへ、昆虫採集道具と、農薬の残りの入った紙袋を投げ捨てた。

小さな水しぶきがあがったあと、すぐ、沈んでいった。岡田は、しばらくの間、じっと海面を見つめていた。

岡田はホテルに戻ったが、由美子は、まだ帰っていなかった。

岡田は、いったんベッドに横になったが、もう一つ、準備行動として、しておかなければならないことがあったのを思い出して、はね起きた。

衣裳《いしよう》ダンスから、由美子のスーツケースを取り出し、その中に、川平湾で撮った写真二枚を入れた。

三浦と仲良く抱き合っている写真である。それと、ポラロイドカメラも、彼女のスーツケースの中に押し込んで、衣裳ダンスにしまい直した。

由美子が、三浦と毒死すれば、当然、地元の警察が捜査する。その時に、彼女のスーツケースから、二人が仲良く写っている写真が見つかれば、成程ということになるはずだ。

三浦の方からも、同じような写真が見つかるはずだから、心中の動機は完璧《かんぺき》なものになるだろうと、岡田は計算した。

岡田が、一息ついて、煙草に火をつけたとき、由美子が、昨日と同じように、ご機嫌で帰って来た。

「あの三浦君と、また一緒に飲んだわよ」

と、由美子は、どさりと、ベッドに腰を下して、岡田にいった。

「それはよかったね」

岡田が微笑すると、由美子は、「へえ」と、意地の悪い眼つきで、岡田を見つめた。

「本当に、よかったと思ってるの？」

「ああ。なぜだい？」

「妬かないの？」

「いいじゃないか。君が若返れば、僕も嬉《うれ》しいよ」

「ねえ」

「何だい？」

「あんた、あたしが、あの三浦君と仲良くなってくれれば、慰謝料を払わずに別れられると思ってるんじゃないの？」

由美子の眼が、一層、底意地が悪くなった。

「そんなことは、考えてないさ」

と、岡田は、あわてていった。妙なことをいって、彼女に用心されては、何にもならないからである。

由美子は、クスクス笑ってから、

「もし、そんなことを考えているんなら、取らぬ狸の皮算用よ」

と、いい、岡田を、じろりと見たが、テーブルの上にのっているワインを見つけて、

「これ、どうしたの？」

「三浦君とは、明日一日でお別れだろう？　だから、お別れに、三人で飲もうと思って、

ちょっと、ふんぱつしたんだ」

「ボルドー・ワインじゃないの」

「そうだ。それなら、僕も少しは飲めるからね」

と、岡田はいった。

6

翌日は、石垣の最後の日である。

朝食のあと、ひと休みしてから、岡田と由美子が、レンタカーを借りに行こうと、ホテルの玄関を出ると、そこに、三浦が、ぼんやりと、空を見上げていた。

「どうかしたのかね？」

と、岡田が声をかけると、三浦は、頭をかきながら、

「昨日飲みすぎちゃって、寝ぼうしたんですよ。朝起きてみたら、もう、みんな車を借りて、島内見物に出かけちゃってるんです。起こしてくれりゃあいいのに、薄情な奴等です」

「それで？」

「一人でレンタカーを借りるだけの金がないもんで、どうしようかなと考えていたんです。自転車なら借りられるけど、この暑さじゃ、大変ですからね」

三浦は、眩《まぶ》しそうに、真っ青な空を見上げた。

確かに、今日もいい天気で、暑くなりそうである。多分、三十度は軽く超すだろう。

岡田の名前で、車を借りた。

三浦を、リア・シートに乗せ、今日は、川平湾とは逆の方向に走ってみることになった。

石垣空港の横を通り抜け、東廻りの道を走る。

道路は、ところどころ舗装されていたり、砂利道だったり、完全な土盛りの道だったりした。

二十分も走った時、ヒルギの群生林が見えた。岡田は、橋の上に車を止め、幅三〇メートル近い宮良《みやら》川の川面《かわも》に、びっしりと密生しているヒルギの林を見つめた。

奇怪な景色だった。

この辺りは川口に近く、満潮時には、海水が逆流してくる。そのため、今も、水の色は、青黒く濁っている。

普通の木は、地下に這《は》った根から新しい芽が出たり、果実が地面に落ちて、タネから芽を出すのだが、ヒルギは違う。

亜熱帯から熱帯に分布しているこの木は、枝についた果実が、熟れても地に落ちず、枝についたまま、根が出てくるのだ。そして、ある長さに達すると、槍《やり》のように泥水の中に落ちて突き刺さる。それが、新しいヒルギの木になるのだ。

潮が引いていくと、タコの足のように、何本も地面に張った根が、水の中から現われてきた。まるで、ヤグラのような根だ。

青黒かった水が、茶褐色に変色し、まるで泥田のようになる。

密生したヒルギの林の中に入って行ったら、再び出て来られないのではないか、そんな気分になるような景色だった。

「気味が悪いわ」

と、由美子が、小さい声で呟《つぶや》いた。

確かに、じっと見ていると、あのヒルギの林の中に入って行って、そのまま、消えてしまいたくなってくる。富士の樹海に似ているのだ。

岡田は、気分が悪くなって、あわてて、車をスタートさせた。

「三浦君といったね」

と、岡田は、車を走らせながら、リア・シートの三浦に話しかけた。

「ええ」

「君たちは、明日、石垣を発《た》つそうだね」

「ええ。もっといたいんですが、みんな金がなくて」

三浦は、若者らしく、明るい笑い声を立てた。

「僕たちも、明日石垣を発つんだが、こうして知り合ったのも何かの縁だから、今夜、一緒に僕たちと飲まないかね？　まあ、いってみれば、小さなパーティというわけなんだが」

「しかし、僕は――」

「いいじゃないの。いらっしゃいよ」

と、由美子が、バックミラーの中の三浦に、笑いかけた。

岡田は、妻の由美子と、三浦を恋人同士として、心中に見せかけて殺そうとしている。

だが、由美子は、実際に、この青年が好きになりかけているのかも知れない。

（まあ、それならそれでもいい）

と、岡田は思った。

どうせ、今夜、この二人は死ぬのだ。二人が毒死したら、岡田は、いったん部屋から抜け出し、遅くホテルに戻って来て、妻が不倫の恋を死によって清算した現場を発見することになるのだ。

車は、海沿いの道路を走る。

右側は、延々と、美しい海岸が続く。沖の環礁《リーフ》に砕ける白い波頭。白い砂浜。鏡のように凪《な》いでいる環礁の内側の海。

東京の人間が見たら、その美しさに、よだれを流すだろう。たちまち、海の家が立ち並び、海水浴客で一杯になってしまうに違いない。

だが、ここでは、延々と続く美しい海に、人っ子一人いないのだ。時たま、沖の方に、ポツンとサバニが浮んでいるだけである。

左側の陸地には、パイン畠《ばたけ》や、サトウキビ畠が広がる。

「止めて」

と、急に、由美子がいった。

眼の前に、一〇メートルぐらいにわたって、ハイビスカスの花が咲き乱れていた。この島では、いたるところに、赤いハイビスカスが咲いているが、これほどの群生も珍しかった。

道の片側が、赤いハイビスカスの色の壁のように見える。

「降りて」

と、由美子が、命令するように、岡田と三浦にいった。

「どうするんだい？」

岡田は、エンジンのスイッチを切って、由美子を見た。

「あのハイビスカスをつんで欲しいの」

「いいのかな？」

「構わないでしょう。野生みたいだから」

と、三浦は、さっさと車から降りると、由美子と一緒に、ハイビスカスの花をつみ始めた。

岡田も、今は少しでも二人に疑われたくなかったので、運転席から出ると、彼等に協力して、ハイビスカスをつむことにした。

三人とも、たちまち、両手に一杯のハイビスカスをつみ取った。

「こんなにつんで、どうするんだい？」

岡田がきくと、由美子は、笑って、

「車を花で飾るのよ」

「でも、すぐ返す車だよ」

「それでもいいじゃないの。ハイビスカスの花の香りに包まれて走るのって、素敵だと思わない？」

「まあ、そういえば、そうだがね」

車のリア・シートは、ハイビスカスの花で満ち溢《あふ》れた。

それでも、由美子は、まだ、ハイビスカスをつむのを止めようとしなかった。が、突然、彼女が「きゃッ」と悲鳴をあげた。

岡田が見ると、ハイビスカスの木の間から水牛が、ぬッと顔を突き出していたのである。大きな水牛だった。

ハイビスカスの壁の向う側が水田で、そこで大人しく昼寝をしていた水牛が、騒がしさに起き上ったものらしかった。

水牛は、見事な角をひと振りしたが、やがて、つまらなそうに、顔をかくしてしまった。

由美子は、まだ蒼《あお》い顔をしていた。

7

そこから、三浦が運転を代った。

岡田は、リア・シートに移ったが、ハイビスカスが、座席一杯に溢れ、その匂いにむせそうだった。

「花に包まれている感じはどう？」

と、助手席の由美子が、身体をねじ向けるようにして、岡田にきいた。

「悪い気持じゃないな」

岡田が答えると、由美子は、なぜか、クスクスと笑い出した。それが気になって、岡田は、

「何がおかしいんだ？」

「別に」

と、由美子は、いったが、正面に顔を戻してからもクスクス含み笑いをしていた。

しばらく、単調な景色が続いた。

右側は、相変らず、いやになるほど美しい海岸の連続だ。

左側の陸地の方は、パイナップル畠とサトウキビ畠。それに、ところどころ、ソテツの原生林。そして、遠くに、一頭、二頭と、水牛の姿が見えたりする。

東京では絶対に見られない美しい自然、といっても、岡田は、あきて来た。

「そろそろ、この辺で引っ返さないかね？」

と、彼は、運転している三浦と、助手席の由美子に声をかけた。

「もう少し先に、面白い所があるんですよ」

三浦が、前方を見つめながらいった。

「面白い所？」

と、岡田は、首をかしげて、

「僕の持っている地図には、この先に面白い所があるようには、書いてないがねえ」

「観光地図でしょう？　それには出ていませんよ」

と、三浦は、あっさりいった。

それでも、岡田は、半信半疑で、膝《ひざ》の上に観光地図を広げて、見ていた。

「地図で見ると、この先に玉取崎《たまとりさき》展望台というのがあるけど、そこのことかい？」

「いや。違います」

「じゃあ、その先の舟越《ふなくや》というところかい？　石垣島の一番細い部分で、幅が一〇〇メートルしかないので、舟をかついで越えられるところから舟越と名付けられたと、これには書いてあるが」

「そんなところじゃありません」

「どうも分からんね」

岡田は、次第に、理由のない不安に襲われて来た。

三浦の様子が、何となく変な気がしてきたからだった。

「もう昼過ぎだよ。ホテルに戻って、食事にしようじゃないか」

と、岡田は、三浦の肩を叩《たた》いていった。

だが、三浦は、バックミラーの中で、ニッと笑って、

「正確には、まだ十二時五分前ですよ」

「僕は、腹がへった。戻ろうじゃないか」

「あたしは、まだお腹はへってないわ」

と、由美子が、横から意地悪くいった。

「もうすぐですよ。岡田さん」

三浦は、明るい声でいった。そういっている間も、三人を乗せた車は、未舗装の狭い道路を、はねるように走り続けている。

岡田の不安は、次第に大きくふくらんできた。何かおかしい。

思わず、

「止めてくれッ」と、叫んだとき、三浦が、急にハンドルを右に切った。

車は、海に突き出た小さな岬に突っ込む恰好《かっこう》で止まった。

丈の高い草が、その小さな岬を蔽っていた。

「着きましたよ」

三浦は、エンジンを切り、キーをズボンのポケットに放り込んでから、振り向いて岡田にいった。

「ここが面白い所だって？」

丈の高い草むらしかない場所だった。道路からも外《そ》れてしまっている。

「ここに、面白いものが、かくしてあるんですよ」

三浦は、さっさと車を降りると、草むらに入って行ったかと思うと、そこに倒して隠してあったオートバイを、持ち出して来た。

「昨日、二日分のレンタル料を払って、ここに隠しておいたんです。ホテルに帰るのに骨を折りましたよ。ちょうど、パイナップルを町に運ぶトラックに便乗させて貰《もら》えたんで、助かりましたがね」

「そのオートバイをどうするんだ？」

「これで僕と奥さんが、町へ帰るんです。ここから歩くわけにはいきませんからねえ」

「しかし、この車は？」

と岡田がきくと、由美子が、助手席から降りながら、彼に向って、

「馬鹿ね。この車は、あんたの棺《ひつぎ》になるのよ」と、冷たくいった。

岡田の顔が、蒼くなった。

「何だと？」

8

「あたしが、本気で、新婚旅行のやり直しに、ここにやって来たと思うの？」

由美子は、さも軽蔑《けいべつ》するような目で、岡田を見た。

「じゃあ、君は？」

「あたしは、あんたを、この石垣島で、事故死に見せかけて殺すつもりで、一緒に来たのよ。この三浦君だって、ここで初めて知ったんじゃないわよ。東京にいる時から知ってるのよ」

「僕を殺したって、君の欲しがってた金は手に入らないぞ」

岡田が、そういって睨《にら》むと、由美子はニヤッと笑って、

「そうでもないわよ。今度の旅行が決ったあと、あんたに内緒で、あんたに生命保険を掛けたのよ。金額は三千万円」

「くそッ」

「あんたの棺になるその車を、ハイビスカスの花で飾ってあげたのは、六年間夫婦だったあたしのせめてものたむけだと思って頂戴《ちょうだい》」

由美子は、笑いながらいった。

いつの間にか、手にスパナを持った三浦が近づいて来る。

岡田は、あわてて運転席に飛び込み、アクセルを、ばたばた踏みつけた。が、肝心のキーは、三浦が抜き取ってしまっているのだ。

岡田は、ドアを開けて外へ逃げ出した。

三浦が、スパナを振りかざして追いかけて来る。

若く逞《たくま》しい三浦は、たちまち追いついた。

「助けてくれッ」

と、岡田は叫んだ。が、その悲鳴は、途中で消えてしまった。

スパナの一撃で、岡田は、草むらにくずおれてしまった。

後頭部が陥没し、真っ赤な血が流れ出している。

「死んだの？」

と、由美子が、のぞき込んだ。

三浦は、スパナを持った手の甲で、額の汗を拭《ぬぐ》ってから、

「さあね。だが、どうせ死ぬさ。手早く片付けちゃおう」

と、早口にいい、意識を失った岡田の身体を、ずるずると車のところまで引きずって行き、運転席に押し込んだ。

運転している恰好にしてから、キーをさし込み、アクセルを踏みながら、エンジンをかけた。

ゆっくりと、車は、岬の突端に向って動き出した。

落ちる寸前、三浦は、車から飛び降りた。

次の瞬間、岡田を乗せた白いカローラは、岬の向う側に姿を消した。

三浦と、由美子は、崖《がけ》っぷちに駆け寄って、下をのぞき込んだ。
七、八メートル下の海に、車は、屋根のあたりまで浸《つか》って沈んでいた。白い屋根を、海水が洗っている。
三浦は、腕時計に目をやった。

「何してるの？」

由美子がきくと、三浦は、冷静な眼で、

「時間を計っているんだ」

「時間？」

「万一、息を吹き返していたら困るからね。息を吹き返しても、五分も、息をせずに海中にはいられない。大丈夫だ。五分たった。あんたのご主人は、完全に死んだよ」

三浦にいわれて、由美子はほっとした顔になった。

「じゃあ、ホテルに帰りましょうよ」

「ＯＫ」

三浦は、オートバイにまたがった。由美子は、その後ろに乗って、三浦の腰に手を廻《まわ》した。

オートバイが、猛然と走り出した。由美子の髪が、後ろになびく。

彼女は、酔ったような声で、三浦にささやいた。

「ホテルに戻ったら、乾杯しましょうよ。上等のワインが買ってあるのよ」

水の上の殺人

1

夏になると、京都市内を流れる鴨川《かもがわ》沿いの料亭やバーなどは、川に向って床を張り出して、涼をとる。

正確にいうと、鴨川にではなく、鴨川と並行して流れている幅三メートルほどの「みそぎ川」である。

先斗《ぽんと》町通りにある料亭「満月亭《まんげつてい》」でも、六月中旬になると、さっそく、床を張り出した。

京都の夏は暑い。それに、今年は、空つゆで、春から夏がいっきにやって来た感じだった。

定連の客は、職人が、足場を組んでいる頃から、「いよいよ、夏だねえ」と、店の主人にいい、提灯《ちょうちん》の飾り立てがすむと、夕涼みをかねて、さっそく、やって来た。

京菓子「おたふく」の店主である秋山《あきやま》が、五人連れで、満月亭にやって来たのは、七月三日の夕方だった。

朝からむし暑く、午後二時には、三十度を超して、陽が落ちてからも、いっこうに、気温は下らなかった。

秋山徳三郎《とくさぶろう》は六十五歳になっていたが、髪は、まだ、黒々としていて、痩身《そうしん》だが、元気一杯だった。

店を会社形式にして、一人息子の志郎《しろう》を副社長ということにしたが、三十二歳の志郎の方が、徳三郎より、弱々しく見えるほどである。

徳三郎は、妻の久子《ひさこ》の他に、妾《めかけ》を二人持ち、それぞれに、バーと、土産物店をやらせていて、その一人、バー「夢路《ゆめじ》」のママ、悠子《ゆうこ》と、若いホステス一人も、今日のお供に加わっていた。

五十五、六歳の派手なアロハシャツを着た小太りの男が、今日の客と見えて、徳三郎が、何かと気を遣っている。

酒と、懐石料理が、運ばれた。

さすがに、川に張り出した床の上には、涼しい川風が吹いてくる。

徳三郎が、盛んに杯をあけるのに、息子の志郎の方は、すぐ、杯を置いてしまった。

「まだ、肝臓が治らんのか？」

と、徳三郎は、厳しい目つきで、志郎を見た。

「医者に、酒を控えるようにいわれてるんだ」

志郎は、ぶっきら棒にいった。

「女遊びが過ぎるからと違うんか？　早く結婚して、腰を落ちつけたらいい」

と、徳三郎にいわれて、志郎が「ふん」と、鼻を鳴らしたのは、説教する父親が、妾を二人も持ってと思ったからかも知れない。

あいさつに来た満月亭の主人、内田《うちだ》に、徳三郎は、

「ひと雨くると、すっとするんだがねえ」

「雨が降ったら、うちが困りますよ」

と、内田は、笑った。

一時間半ほどして、徳三郎は、「ごちそうさま」と、立ち上がった。

「もうお帰りですか？」

内田が、ちらりと、床の方を見たのは、一行の中の一人、アロハシャツの男が、手すりにもたれるようにして、川面《かわも》を見下していたからである。

「あの人が、少し酔ったので、しばらく川風に吹かれていたいとおっしゃるんだよ」

「大丈夫ですか？」

「ああ、大丈夫だ。おい悠子」

と、徳三郎は、一緒に立って来た妾の一人に声をかけて、

「お前は、あとに残って、ホテルまで、お送りしてくれ」

と、いった。

秋山父子と、ホステスが帰ってしまったあと、悠子は、

「おトイレは、どこかしら？」

と、女中の一人にきき、階下におりて行った。

十二、三分して戻って来た悠子は、女中に、お冷やを二つ貰《もら》って、また、床に戻ったが、
「お客さん」

と、声をかけても、相手が、黙っているので、そのまま、コップをテーブルの上に置いてしまった。

煙草に火をつけて、ふうっと、煙を吐き出したとき、どんよりと重かった夜空から、突然、大粒の雨が落ちてきた。

稲光りが走り、雷鳴が轟《とどろ》いた。床にいた悠子が、悲鳴をあげて、座敷に逃げ込んできた。

滝のような雨になった。

「おい。窓を早く閉めなさい」

と、女中たちに指図していた内田は、床の方に目をやって、「おや？」と、目をむいた。

どしゃぶりの雨になったというのに、徳三郎たちが残していった男の客が、いぜんとして、手すりにもたれる恰好《かっこう》で、床の上に座っていたからである。

内田は、仕方なしに、雨の中に飛び出して行って、

「お客さん。早くここから引き揚げて下さい！」

と、声をかけた。

だが、男は、いぜんとして、こちらに背を向け、手すりにもたれて、川面を見下している。

「お客さん!」

と、今度は、大声を出して、内田は、男の膝《ひざ》をつかんで引っ張った。

だらんとした身体は、やけに重い。やっと立ち上がらせたと思ったとき、雨で手が滑り、放してしまった。

小太りの男は、仰向けに転がった。

その顔を、容赦なく、大粒の雨が叩《たた》く。が、男は、いっこうに、起き上がって来なかった。

「お客――」

――さんと呼ぼうとして、内田は、その言葉を途中で、飲み込んでしまった。

アロハシャツの左胸のあたりに、細身のナイフが突き刺さり、血が、一筋、二筋と流れ出ては、雨に洗われていたからだった。

2

五、六分して、パトカーが駆けつけたときも、豪雨は、いぜんとして降り続いていた。
雷鳴こそ、いくらか遠くなったものの、強い雨足が床を叩くために、話し声さえ聞こえにくい。

「こりゃあ、ひどいな」

と、京都府警の真木《まき》刑事が、溜息《ためいき》をついた。

死体は、まだ、床の上に放置されたままになっている。

「殺人なので、そのままにしておいた方がいいと思いましてね」

満月亭の内田が、気がきくような、きかないようなことをいった。

「ともかく、座敷へ運ばなくちゃな」

と、真木は、同僚の中西《なかにし》刑事にいい、座敷に、大きなポリエチレンを敷いて貰ってから、二人で、床に出て行った。

たちまち、頭から足先まで、ずぶ濡《ぬ》れになってしまった。

それでも、どうにか、男の死体を担いで、座敷に移すことが出来た。

雨の吹き込んでくる窓ガラスを閉め、真木は、ハンカチで、濡れた軀《からだ》を拭《ふ》きながら、死体を眺めた。

髪は、だいぶ薄い。まだらな髪が、濡れて、生気の消えた額の辺りにへばりついている。

年齢は、五十代の半ばといったところだろうか。この雨で、洗い流されてしまったのか、突き刺さったナイフの根元から、もう、血は流れ出していないが、もともと、出血は少かったのかも知れなかった。

風采《ふうさい》のあがらない中年男だが、左手にはめている腕時計は、四、五百万円はしそうなピアジェの金時計だった。

ズボンの尻《しり》ポケットにあった財布には、二十三万円もの大金が入っていた。

「人間、外見じゃ分からないねえ」

と、真木は、肩をすくめてから、心配そうに、のぞき込んでいる内田に、

「この仏さんは、よくここへ来るんですか？」

「いえ、初めてですが、おなじみの秋山さんが、連れて来られたんです」

内田は、秋山徳三郎が、店へ来たときの様子を、二人の刑事に話した。

真木は、鑑識の連中に、死体をまかせてから、座敷を見廻《みまわ》して、

「この人と残ったという女の人は？」

「あたしです」

と、青ざめた顔で、三十七、八の女が、前に出て来た。

「名前は？」

「堀内《ほりうち》悠子です。京阪《けいはん》の五条《ごじょう》駅の近くで、『夢路』というお店をやっています」

「この仏さんの名前は？」

「社長さんは、寺沢《てらさわ》さんとおっしゃってましたわ」

「社長というのは、秋山徳三郎さんのことですね？」

「ええ。社長さんから電話で、大事なお客さんを、夕食に招待するんで、賑《にぎ》やかなように、若いホステスを連れて来いといわれたんで、みどりちゃんを連れて、お供したんで

す」

「秋山さんの息子さんも、一緒だったようですね？」

「ええ。副社長も一緒でした」

「すると、全部で五人ですね？」

「ええ。ここの床で、夕涼みをしながら、夕食ということになったんです」

「他に、お客はいませんでしたか？」

「若い男の人ばかり四人で、わいわいやってましたけど、途中で帰って、あとは、あたしたちだけでした」

「それから、どうなったのか話して下さい」

「懐石料理を食べて、お酒も、ずいぶん飲みましたわ。このお客さんも強くて、一時間半ほどして、社長が、そろそろ、帰ろうかといったんですけど、このお客さんは、手すりにもたれて、気分が悪いから、しばらく、ここで、川風に当っていたいとおっしゃるんです。それで、あたしが、ホテルまでお送りすることにして、他の方は、お帰りになりました」

「ホテルは？」

「河原町三条《かわらまちさんじよう》のRホテルですけど」

それなら、ここから歩いて、二十分足らずである。

「すると、あなたは、ずっと、この人の傍にいたことになるのかな？」

「他の方がお帰りになるとき、あたしも、トイレに行きましたわ。お化粧を直したりして戻って来たから、十分ぐらいでしょうか」

「その間は、この仏さんは、ひとりで、床にいたわけですね？」

「と思いますけど」

「今、あなたは、この仏さんが、気分が悪いから、しばらくここで、川風に当っていたいといったといいましたね？　間違いなく、そういったんですか？」

「ええ」

と、肯《うなず》いてから、悠子は、急に、自信なさそうな顔になった。

「多分」

と、つけ足した。真木は、眉《まゆ》を寄せて、

「多分というのは、どういうことです？」

「あたしも、酔っていたし、ひょっとすると、社長さんが、そうとったのかも知れないし――」

「どっちなんです？　当人がそういったのか、それとも、秋山さんがいったのか？」

「わからなくなっちゃったな。よく覚えていないんです」

悠子は、当惑した顔でいった。

本当に覚えていないのか、それとも、とぼけているのか、真木にはわからなかった。女の、それも、三十過ぎの女の顔色を読むのは、どうも苦手である。

それに、この被害者は、京菓子「おたふく」の社長の知り合いらしい。「おたふく」といえば、京都では有名で、真木も、東京や大阪の親戚《しんせき》の家へ行くときに、この京菓子を、土産にすることがある。

そこの社長が一緒だったのなら、彼に会えば、くわしい話が聞けるだろう。

死体が、解剖のために運ばれて行ったのをしおに、真木と中西の二人の刑事も、満月亭を出た。

3

さっきまでの豪雨が嘘のように止んで、雲の切れ目から、蒼白《あおじろ》い月が、顔をのぞかせている。

その月の光で、京都の町を取り囲む山影が、墨絵のように浮き出して見える。京都の夜が、美しく見える時間なのだが、真木たちは、ひたすら、京都駅近くの「おたふく」本店に急いだ。

店は、もう閉っていたが、五、六メートル離れて、秋山社長の家があった。

古い格式のある造りで、門を入ってから、長い敷石のある通路が延び、その両側に植えられた樹が、さきほどの雨で、青々と見えた。

徳三郎は、和服姿で、二人の刑事を迎えた。

真木が、事件を知らせると、徳三郎は、「まさか」と、一瞬、絶句してから、

「寺沢さんが——まさか——」

「満月亭で、胸をナイフで刺されて、殺されていたんです」

「信じられませんね。あんなにお元気だったのに」

「しかし、気分が悪いから、しばらく、川風に当っているといって、あとに残られたわけでしょう?」

「そりゃあ、そうですが、ちょっと、飲み過ぎただけのことで、死ぬなんて、そんな馬鹿なことが——」

「寺沢さんというのは、どういう方ですか?」

「大阪の人で、私のところとは、古くからのおとくい様です。今夜、京都へ来られたというので、夕食を満月亭でとって、そのあと、祇園《ぎおん》へお連れしようと思っていたんですよ。それが、気分が悪くなられてしまったので、祇園は、明日にと考えていたんですがねえ。いったい、誰が、寺沢さんを殺したりしたんです?」

「それを、これから調べるんですが、寺沢さんが、あなたに、気分が悪いから、ここで休んでいくといったんですね?」

「そうですよ。嘘だと思うのなら、他の三人にも聞いて下さい。みんな聞いている筈《はず》ですよ」

「全部で五人でしたね?」

「はい」

「寺沢さんの家族も大阪ですね？」

「いや、五年前に奥さんを亡くしてからは、天涯孤独だといっていましたね。仕事には成功したが、家庭には恵まれなかった人でしてね」

「何をやっておられた人なんですか？」

「寺沢貿易という会社の社長ですよ。小さいが、商社といっていいでしょうね。うちの京菓子を、アメリカに売って下さったりもしましたよ」

「なるほど、念のために、遺体を確認して頂きたいのですが、一緒に行って頂けますか？」

「もちろん」

と、徳三郎は、肯いた。

真木と中西は、徳三郎を、大学病院へ連れて行った。

解剖は、まだ始まっていなかった。

地下の死体置場で、徳三郎は、しばらく、遺体に向って、合掌していたが、それが終ると、真木に向って、

「ぜひ、一刻も早く、犯人を見つけて下さい」

「そのつもりですから、あなたにも、力を貸して頂きたいのです」

「私に出来ることなら、どんなことでも」

「では、仏さんの所持品を見て下さい」

真木たちは、徳三郎を、今度は、府警本部に連れて行き、被害者の所持品を見せた。

ピアジェの腕時計、二十三万円入りの財布、十二本残っていたラーク、ダンヒルのライター、それに、金の重い指輪。

徳三郎は、一つ一つ丁寧に見ていったが、

「ところで、鞄《かばん》は、何処にあるんですか？」

と、真木にきいた。

真木は、びっくりした。

「鞄？」

「そうです。鞄です。鞄といっても、手さげですがね。茶色のやつを、寺沢さんは、いつも、肌身離さず持っていらっしゃったんですよ」

「おかしいな。そんな鞄なんか、なかったようですがねえ。ホテルに預けて来たんじゃありませんか？　ホテルのフロントに」

真木がきくと、徳三郎は、首を振って、

「銀行もあまり信用しない寺沢さんが、ホテルのフロントに預けるもんですか」

「その鞄の中には、何が入っていたんですか？」

「私は、中を見たわけじゃないから分かりませんが、実印とか、大事な書類なんかが入っていたんだと思いますね。とにかく、何処へ行くにも、持って歩いていましたからね」

「今日の夕食の時も、持って来ましたか？」

「もちろん、持って来られましたよ。私は、Rホテルまでお迎えに行ったんだが、その時、手に提げて出て来られましたからね」

徳三郎は、断言した。

真木は、満月亭に電話してみた。主人の内田は、真木の質問に、

「さっき店を閉めたんですが、そんな鞄の忘れ物はありませんな」

と、答えた。

（これは、その鞄を奪うための殺人なのだろうか？）

4

夜半すぎに、捜査本部が置かれた。真木は、Rホテルに行き、被害者の泊った部屋を見せて貰《もら》ったが、徳三郎のいう鞄はなかった。フロントにも、預けてはいない。

解剖が終ったのは、翌七月四日の午前十時過ぎだった。

「真木君。面白いことが分かったよ」

と、キャップの香川《かがわ》警部が、真木にいった。

「死因は、やはり、心臓に達している刺傷だが、仏さんは、睡眠薬も飲んでいるんだ。かなりの量らしい」

「睡眠薬と酒を飲めば、誰でも気分が悪くなりますね。それで、参ってしまって、ひとりだけ、あとに残ったんですか」

「それとも、睡眠薬で眠ったところを刺殺して、何くわぬ顔で、他の四人が帰ったか」

「四人じゃなく、三人です。堀内悠子というバーのママさんは、残りましたから」

「そうだったね」

「睡眠薬を飲んでいると分かっていたら、使った食器類は、持って来るんでしたが、ナイフで刺されて死んだということで、鑑識も、指紋は、調べていませんよ」

「仕方がないだろう。それから、死亡推定時刻は、昨夜の午後八時から九時の間ということだ」

「満月亭の話では、五人が来たのが、七時半頃で、帰ったのが八時四十分頃だそうですから、食事中に殺せば、ぴったりということになります」

「空白の十分間というのが、あったんじゃないかね？」

「堀内悠子が、トイレに行っている間、被害者は、ひとりで床にいたわけです。その間に殺しても、ぴったり合いますね」

「これは、鑑識からだが、凶器のナイフから指紋はとれなかったそうだ」

「最初からなかったのか、それとも、あのどしゃぶりの雨が、消してしまったのか、どちらかですね」

「もう一つ、鑑識からの報告がある。あのナイフは、市内の刃物店で、三千円でいくらでも売ってるということだ」

「凶器は、手掛りにならずですか」

真木は、別に、失望はしなかった。あの雨で、指紋が残っている方が不思議なのだ。

捜査だけは、取りあえず、三つの捜査方針を立てた。

被害者、寺沢貢太郎《こうたろう》の人柄、性格などを、大阪府警の協力で調査する。

事件の日、満月亭へ同行した四人と、被害者との関係の調査。

消えた鞄の捜索。

この三点である。

真木と中西は、四人の中の一人、秋山志郎に会ってみた。

真木が調べたところでは、志郎は、一応、副社長ということになっているが、性格が弱く、バクチ好きで、父親の徳三郎には、あまり信用されていないらしい。二十八歳の時、叔父《おじ》の紹介してくれた女性と結婚したが、一年半で別れている。原因は、彼の浮気という話だった。

志郎には「おたふく」の本店で会った。

背が高く、なかなかの美男子だが、気は弱そうだった。それに、顔色も悪い。

志郎の方から、真木たちを、近くの喫茶店へ連れて行った。

「昨夜のことでしょう？」

と、志郎は、二人にいった。

「そうです」と、真木が肯《うなず》いた。

「寺沢さんと、どんな関係ですか？」

「僕はよく知らないんですよ。おやじがよく知っているんですよ。古いおとくいということです」

「満月亭での食事のとき、どんな話をしたんですか？」

「京都は好きだから、これからも、ちょくちょく来たいと、寺沢さんは、いってましてね。嵯峨野《さがの》あたりに、別荘を建てたいみたいなこともですよ」

「それに対して、お父さんは？」

「そのうちに、適当な家を探しておきましょうといっていましたよ。本気かどうか分かりませんがね。おやじは、調子のいいところがありますから」

そういったとき、志郎は、ちょっと口をゆがめた。どうやら、志郎の方も、父親を好きでないらしい。

「寺沢さんは、実は、睡眠薬を飲まされていましてね」

「え？　ナイフで刺されて死んだんでしょう？」

「その前に、睡眠薬を飲まされているんです。食事中に、誰か、不審な挙動を見せた人はいませんでしたか？」

「気がつきませんでしたね。僕は、肝臓が悪いんで、酒も、食事も、ほとんど口にしませんでしたからね」

「寺沢さんが、茶色の鞄を持っていたのを覚えていますか？」

「ええ。手さげみたいなやつでしょう。覚えていますよ」

「何が入っているか知っていますか？」

「いや。大事なものが入っているんでしょうが、中を見たわけじゃないから」

と、志郎は、笑った。

真木と中西は、一応、志郎と別れ、みどりというホステスに会うことにした。

京阪五条駅へ行く途中、真木は、「分からんな」と、中西にいった。

「なぜ、犯人は、刺す前に、睡眠薬を飲ませるような面倒くさいことをしたんだろう？」

「悲鳴をあげられたら困るからだろう。眠ったところを刺せば、声は立てないからね」

「それだけの理由かね？」

「他に、考えられるかい？」

「考えられないから弱ってるのさ。問題は、消えた鞄だよ。鞄を奪うだけなら、睡眠薬で眠らせるだけでいい。それなのに、犯人は、なぜ、殺してしまったんだろう？」

その答が見つからない中《うち》に、京阪五条駅に着いた。午後八時に近い。

この辺り、京阪電車は、鴨川に沿って走っている。

駅前のバー「夢路」に入り、ママさんの堀内悠子に、

「みどりというホステスは？」

と、真木がきいた。

「それが、まだ出て来ないんですよ」

「今日は、休みの日ですか？」

「いいえ」

真木は、急に、不安になってきた。彼が、連絡したいというと、悠子は、電話番号を教えてくれたが、

「二度も電話してみたんですけど、出ないんですよ」

と、いう。

(何かあったのだろうか？)

5

バー「夢路」のホステスみどりは、本名木下芳子《きのしたよしこ》、二十三歳である。

不幸な生い立ちで、両親は早く死に、京都に身寄りはない。伏見《ふしみ》のアパートにひとりで暮していたのだが、その日以来、行方不明になってしまった。

悠子は、思い当ることがないといったが、真木たちは、殺人事件に関係しての失踪《しっそう》ではないかと考えた。

だが、そうだとしても、彼女が、事件にどう関係しているのか、それが分からない。

「秋山父子、それに、堀内悠子の三人の中の誰かが、寺沢貢太郎を殺し、木下芳子が、それを目撃したので、どこかへ連れ去られたのかも知れないですね」

と、真木は、香川警部にいった。

「彼女のアパートに手掛りはなかったのかね？」

「中西君と、アパートを調べてみました。六畳にバス、トイレつきの部屋を、きれいに使っています。清潔好きの、きちんとした性格だと思われます。洋服や、ネックレス、それに、二百万円近い預金通帳などが、そのままになっていますから、自ら失踪したとは思えません。特定の男がいたという証拠もありません。一つだけ分かったのは、休みの時には、よく、詩仙堂《しせんどう》へ行っていたということです」

「詩仙堂へね」

「アパートの管理人が、そういっていました。この管理人は、小学校の校長を停年退職した老人なんですが、詩仙堂や、知恩院《ちおんいん》などによく行くと、詩仙堂で、彼女に何回か会ったといっていましたから」

「なるほどね」

「それから、誰かが、彼女の部屋を探り廻《まわ》っていますね」

「しかし、君は、部屋はきれいになっていたといったじゃないか？」

香川が、不審そうにきいた。

「その通りですが、本箱の本が、四冊も、逆さになっていました。全部で五十二冊しかない中の四冊です」

「犯人は、何を探したのかな？」

「分かりませんが、本まで調べたところを見ると、頁の間にはさめるくらいのものでしょう」

「手紙か？」

「手紙か、メモだと思います」

「すると、ますます、彼女が、殺人事件で何かを目撃した可能性が強くなってくるねえ」

「その通りです。ところで、被害者のことは、何か分かりましたか？」

「大阪府警から返事があったよ。秋山徳三郎は、立派な貿易商みたいにいっていたが、インチキもいいところらしい」

「と、いいますと？」

「確かに、被害者の寺沢貢太郎は、寺沢貿易という会社をやっていたが、これは、金融業だ」

「金貸しですか」

「もう一つ、寺沢は、一匹狼の総会屋みたいなこともしていたようだ。脅迫専門のね」

「秋山徳三郎は、なぜ、嘘をついたんでしょうか？」

「死者に対する礼だとは思えないね。同業者に聞いたところでは、彼は、意外に冷たい男で、ずけずけと物をいう男だということだからね」

「何か被害者に対して、よわみがあったということでしょうか？」

「私も同じことを考えたよ。だが、被害者は、金貸しで、恐喝屋だった。二つの面を持っていたわけだ」

「秋山徳三郎と、そのどちらで関係していたかということですね？」

「そうだ。それで、調べてみた。京菓子『おたふく』の経営状態が悪くて、寺沢から、多額の借金をしているのではないかとね。だが、経営状態は良好だ」

「すると、被害者との連なりは、恐喝ということですか？」

「他に考えられんね。ただし、息子の秋山志郎の方は、女やバクチで金が要り、それを父親にいえなくて、どこかの高利貸しから、かなりの金を借りているという噂がある」

「寺沢は、父親の徳三郎から、恐喝で金を巻きあげ、息子の志郎に、高利で貸していたことになりかねませんね」

「だが、確証はないんだ。それに、秋山徳三郎が、恐喝されていたのなら、その理由を知りたいね」

と、香川警部がいったとき、彼の傍の電話が鳴った。

受話器をつかんだ香川の顔が、たちまち、緊張した。

「なに？　広沢池《ひろさわのいけ》に、若い女の死体が浮んだ？」

6

直指庵《じきしあん》から広沢池に下って行く道は、嵯峨野で、もっとも美しい道といわれている。

真木と中西の二人が、広沢池に着いたときにも、嵯峨野を愛する若い女性が、何人も姿を見せていた。

死体は、すでに、池のほとりに引き揚げられ、制服姿の警官が二人、ガードに当っていた。

　ぐっしょりと濡《ぬ》れた女の死体には、緑色の藻がからみついている。

　真木は、女の顔にへばりついている水草を払ってから、用意してきた木下芳子の顔写真と比べてみた。

「間違いないよ」

　と、横から、中西がいった。

「そうだな。木下芳子だ」

　と、真木も、肯《うなず》いた。

「殺されたのかな？」

「自殺とは、ちょっと考えにくいよ。第一、この仏さんは、裸足《はだし》だ。自殺なら池のふちに脱ぎ捨ててある筈《はず》の靴が、見つからないんだからね。多分、犯人が、別の場所で殺しておいて、ここへ持って来て、投げ込んだんだろう」

「寺沢貢太郎を殺した犯人が、この女も殺したのかね？」

「そう考えるのが、妥当なところだろうね」

「何かを見たためにということか」

「恐らくね」

「死んでしまっては、何を見たのか分からんね」

　中西が、口惜《くや》しそうに舌打ちした。

「そうとばかりはいえないかも知れんよ」

と真木は、死体を見下しながらいった。

「なぜだい？」

「犯人が、彼女のアパートを家探ししているからさ」

「そうか。彼女は、自分が見たことを、メモか何かにして残していた。それで、犯人は、家探ししたというわけだな」

「ああ、問題は、犯人が、見つけ出したかどうかということだが」

「君は、すでに、犯人が見つけたと思ってるのか？」

と、中西がきいた。

「まだであることを願っているんだがねえ」

と、真木は、いった。

鑑識が、死体の写真を撮り始めた。

二人は、広沢池を離れて歩き出した。

「これから、満月亭へ行ってみようじゃないか」

と、車のところに戻って、真木がいった。

「あの殺人現場は、もう調べつくしたんじゃないか？」

中西が、変な顔をした。

「分かってるが、もう一度、調べたいんだ。実は、失《な》くなった茶色の鞄《かばん》のことが気になってね」

「秋山父子のいっていた鞄のことか。しかし、その料亭にはなかったぜ」

「被害者が、肌身離さず持っていた鞄だ。何か大事なものが入っていたに違いない。ところで、彼は、満月亭の床で、睡眠薬を飲まされた上に、ナイフで刺し殺された。刺されたときには、眠っていたろうから、何も出来なかったとしても、薬を飲まされたと分かったとき、被害者は、大事な鞄を、どうしたろう？」

「さあねえ。秋山父子と堀内悠子の三人の中に犯人がいれば、彼等が、すでに持ち去ってしまったんじゃないかな」

「それなら、鞄のことは、黙っているんじゃないかね。やたらに、鞄のことをいうのは、それが、気になっているからだと、思うんだが」

「満月亭へ行ったら、鞄が見つかると思うのかい？」

「それは、行ってみなければ分からんよ」

と、真木は、笑った。

二人は、車を、満月亭へ飛ばした。

だが、到着すると、真木たちは、店には入らず、鴨川の河原へ降りて行った。

広い「鴨川」と、せまい「みそぎ川」の間が、コンクリートでかためた散歩道になっている。夏の夕方など、散策するアベックが多いところである。

そこに立つと、みそぎ川に足場を組んだ満月亭の床が、よく見えた。

丁度、手をあげたぐらいの高さだった。

「被害者は、端の手すりのところにいた。その前には、秋山父子、堀内悠子がいるから、鞄を、床の上にかくすことは出来なかった筈だ。残るのは――」

「外へ投げ捨てることか？」

「相手に渡すのが嫌なら、投げ捨てるよりないだろうね。床の下は、みそぎ川だ。幅はせまく、浅いが、流れは速い。被害者が、鞄を投げ捨てたとすれば、どんどん、下流に流れて行った筈だ」

「よし。探してみようじゃないか」

と、中西がいい、二人は、みそぎ川に沿って、下流に歩いて行った。

百メートルほど歩いたとき、下流の方から、こちらに向って歩いて来るアベックにぶつかった。

秋山徳三郎と、堀内悠子の二人だった。真木が声をかけると、徳三郎は、一瞬、バツが悪そうに口をゆがめたが、すぐ、

「刑事さんたちも、散歩ですか？」

「そちらは？」

「私は、一日に一度は、この川のほとりを散歩しないと、落ち着かんのですよ」

と、徳三郎は、笑った。

彼等と別れてから、真木は、苦笑して、

「一日一度は、ここへ来ないと落ち着かんだって。彼の家や店から、ここまで、車でも楽に二十分はかかるよ」

「あの二人も、被害者が、みそぎ川に鞄を投げたと考えて、探しに来たのかね？」

「他に考えられるかい？」

「そういえば、あの女は、秋山の妾《めかけ》だろうが」

「そんな感じだね。秋山徳三郎が犯人なら、彼女は、共犯かも知れない」

「しかし、鞄はなさそうだねえ」

中西が、溜息《ためいき》をついた。すでにもう、二百メートルは、歩いていた。

「誰かが、拾ってしまったのかも知れないな」

と、真木は呟《つぶや》いてから、

「この周辺の派出所に問い合せてみよう。拾った人が、届けているかも知れない」

二人は、捜査本部に戻ると、川沿いの派出所に、片っ端から、問い合せてみた。

高価なものが入っていれば、猫ババされている可能性が強いと思ったが、河原町五条近くの派出所で、

「おたずねのような鞄が、拾得物で、届けられています」

という答が返って来た。

「鞄というより、集金人なんかが持っている手さげに近いもので、色は茶色です。子供が拾って来たんですが、その時、ぬれていました」

「中には、何が入っているのかね？」

「古新聞だけです」

「古新聞だって？」

7

確かに、古新聞しか入っていなかった。

実際に、派出所へ行き、ぬれて、くしゃくしゃになった古新聞を見て、真木と中西は、がっかりした。

「拾った子供が、中身をすりかえて届けたんじゃないのかね？」

と、中西が、いった。

真木は、首を振って、

「子供は、そんな面倒なことはしないだろう。中身が欲しければ、盗んで、鞄は、捨てちまうさ」

「しかし、金貸しが、古新聞を入れた鞄を、後生大事に持ち歩くかねえ」

「それはそうだが――」

「それとも、他に、同じような鞄があるのかも知れないな。寺沢の鞄がね」

「ちょっと待ってくれ」

真木が、急に、顔を緊張させて、中西にいった。

「この古新聞だがね。日付を見ろよ。五年前の新聞なんだ」

「どうしたんだ？」

「しかし、古新聞に変わりはないだろう」

「だがね。五年も前の新聞を、後生大事に入れてあることに、何かわけがあると思わないかい？」

真木は、まだぬれている古新聞を、丁寧に、机の上に広げてみた。

タブロイド判の小さな新聞だった。

しかも、北陸の地方新聞である。発行部数も、僅《わず》かであろう。そう考えれば考えるほど、こんな新聞を、鞄に入れておいた理由が知りたくなった。しばらく目を通してから、

「おい。これを見ろよ」

と、真木は、中西に、新聞の一ヶ所を指さした。

〈一昨夜の交通事故に、新事実
一昨夜、午後十時半頃、県道S地点で起きた交通事故は、酔っ払った本田春吉《ほんだはるきち》さん（五七）が、県道に飛びだしたために起きたものとされ、車を運転していた京都市河原町五条のバー「夢路」の堀内悠子さん（三〇）は、釈放されたが、記者の調べによると、これが、真っ赤な嘘なのである。

当夜、実際に車を運転していたのは、助手席で眠っていたという京都市下京《しもぎょう》区の京菓子「おたふく」の社長、秋山徳三郎さん（六〇）なのだ。秋山さんは、無免許の上、

酔っていた。無免許で、飲酒運転の末に、本田さんをはねて殺したのである。これは、明らかに、殺人ではないか。

この夜、たまたま、近くの農家の北原新介《きたはらしんすけ》さん（五九）が、月明りの中で、この事故を目撃しており、記者は、その証言も得ている。かかる卑劣なる犯人は、厳重に処罰すべきである〉

「秋山徳三郎は、五年前に、交通事故を起こして、人を一人殺していたんだ。無免許の上に、飲酒運転で」

と、真木がいうと、中西は、

「しかし、彼に前科はなかったよ」

「すると、五年前は、上手《うま》くもみ消したんだろう。だが、寺沢貢太郎は、どこからか、この古新聞を手に入れて、秋山徳三郎と、堀内悠子を、恐喝していたんだ」

真木たちが、この古新聞を持って、捜査本部に帰ると、香川警部は、一読して、すぐ、秋山徳三郎の逮捕状をとった。

捜査本部に連行された徳三郎は、五年前の新聞を見せられると、がっくりした顔になって、

「これが、見つかってしまったんですか」

と、溜息をついた。

「話してくれますね」

と、香川は、じっと、徳三郎を見つめた。

徳三郎は、観念したように、小さく咳払《せきばら》いしてから、

「五年前に、私が、交通事故で、人をはねて殺してしまったのは、本当です。無免許の上、酒を飲んでいました。私は、あわてて、悠子が、運転していたことにして、それに、死んだ人が、飛び出して来たと、主張したんです。幸い、死んだ人が酔っていて、私の主張は認めてくれました。ところが、私が、京都に帰ってから、地方新聞をやっているという山崎《やまざき》という男が、この新聞を持って、訪ねて来たんです」

「それで、どうなったんですか？」

「山崎は、金目当てだったんです。二千部刷った新聞を、三千万円で買えというのです。そうすれば、証人の北原新介という男も、黙らせられるというんですよ」

「それで、金を払ったんですか？」

「二千部と引きかえに、三千万円払いましたよ。私は、代々続いた『おたふく』の当主です。そののれんを、前科で汚したくなかったからです」

「それが、寺沢貢太郎と、どう関係してくるんですか？」

「私から三千万円を巻きあげた山崎は、大阪へ出て、新しい事業を始めたんです。ところが、上手くいかなくて、高利の金を借りるようになったんです」

「それが、寺沢だったわけですね？」

「そうです。その借金が返せなくなった山崎は、一部だけ記念に持っていたこの新聞を、借金の代りに、寺沢に渡したんですよ。二千部の他に、一部、余計に刷っていたんです。

　それから、寺沢の脅迫が始まったんです。証人も、彼が押えてしまったので、私は、寺沢のいうままに、金を払わざるを得なくなりました」

「今までに、どのくらい払ったんですか？」

「二年間で、三億円近く払いましたよ。もう我慢の限界でしたよ」

「だから、満月亭の床で、刺殺したんですね」

「そうです」

「しかし、なぜ、睡眠薬を飲ませたうえ、刺殺するような面倒なことをしたんですか？声を出させないためですか？」

　香川警部がきくと、徳三郎は、小さく笑って、

「睡眠薬を飲ませたのは、息子の志郎です。息子は、私に内緒で、寺沢から一千万ばかり借りていたんです。寺沢にしたら、どうせ、私からいくらでもとれると思って、貸したんでしょう。息子は、あの鞄《かばん》の中に、自分の借用書が入っていると思い込んでいたんですね。それで、睡眠薬で眠らせて、自分の借用書を取り出して、破り捨てようと考えたんです。それは、後で知りました。私は、寺沢が、急に、気分が悪くなったというので、介抱するふりをして、胸を刺して、殺しました。ところが、肝心の鞄が失くなっていることに気がついたんです。私は、悠子をあとに残して、帰るふりをし、河原におり

て捜しました。しかし、見つからない中《うち》に、雷雨になってしまったんです」

「堀内悠子は、あなたに、協力したんですか？」

「いや。彼女は、無関係だ！」

「それは、彼女自身に聞いてみましょう。次は、ホステスの木下芳子です。彼女を殺したのも、あなたですね？」

「彼女は、ホステスのくせに、酒に弱いんです。そこで、あの日も、酔わせて、眠らせておき、その隙に、寺沢を刺し殺した。少くとも、そのつもりだったんです。ところが、彼女は、見ていたんですよ。それで、彼女も殺しました。後頭部を殴って殺し、広沢池まで運んで、投げ込んだんです」

「彼女のアパートを家探ししたのは、なぜなんです？」

「彼女が、私を殺しても、ちゃんと書いて残してあるといったからです。しかし、それは嘘でしたよ。彼女のアパートを探しましたが、日記も、メモも見つかりませんでしたから」

これが、秋山徳三郎の告白の全てだった。

8

秋山志郎と、堀内悠子も逮捕されて、事件は、終った。

捜査本部が解散し、一日休みを貰《もら》った真木はひとりで、詩仙堂へ出かけた。

真木は、簡素なたたずまいの詩仙堂が好きだった。

ここには、神社のいかめしさも、寺の線香くささもないからである。

若い女性に人気があるらしく、今日も、数人の女性観光客が姿を見せていた。

わざと低く作られた門を入り、座敷に上がると、さつきの名園が、目の前に広がっている。

京都の良さは、通りからちょっと入ると、こうした静かな場所があることだろう。ここには、車の音も聞こえて来ない。

真木は縁側に腰を下して、殺された木下芳子のことを考えていた。

彼女は、孤独だった。が、若い娘なりの悩みもあった筈《はず》である。それを、誰に打ち明けていたのだろう？

店のママに話していた様子もないし、親しくしていた客もいなかったらしい。

とすれば、詩仙堂によく来ていたのは、彼女自身の悩みを、ここへ来ることで、どうかしようと思っていたからではなかったのか。

ここには、見学者のために、大学ノートが用意されている。思い出なり、感想を書き込むためである。

芳子は、ここへ来るたびに、自分の気持を、あのノートに書き込んでいたのではあるまいか。それが、彼女の日記だったのではないか。

二人連れの若い女が、書き終るのを待って、真木は、そのノートを、ぱらぱらと、めくってみた。

やはり、あった。

一か月に一日か、二日、「芳子」のサインのある頁があった。

そこに書かれてあるのは、詩仙堂の感想ではなく、生きることの悩みであり、喜びであり、時には、悲しみだった。

そして、事件の翌日、七月四日にも、「芳子」のサインがあった。

〈昨日、生れて初めて、人が人を殺すのを見てしまった。

「おたふく」社長の秋山さんや、店のママと一緒に、満月亭へ行ったときは、あんな恐ろしいことにぶつかるとは、夢にも思っていなかった。

それなのに――〉

死への旅「奥羽本線」

1

高見《たかみ》の会社は、土、日と週休二日制である。同じ課の矢野《やの》みどりと親しくなったのは、今年の秋に、若い社員だけで東京近郊の山にハイキングに出かけてからだった。この時、二人は仲間とはぐれてしまい、二人だけで山の中をさまよった。あとで、二人がしめし合せてかくれたのだろうと、仲間からひやかされたが、実際には、足のおそい二人が取り残されたのである。

しかし、おかげで高見とみどりは急速に親しくなり、結婚を約束するまでになった。

みどりは郷里が秋田である。両親もまだそこにいる。

「今度の休みに、久しぶりに秋田に帰って、あなたのことを両親に話してくるわ」

とみどりがいった。

「僕も行った方がいいかな?」

高見がきくと、みどりは首を振って、

「今度は、私だけがひとりで行って話したいの。両親の承諾が得られたら、お正月に一緒に来て」

「いいよ」

と高見がいった。

みどりは金曜日、会社が終ってから上野《うえの》駅に行き、その日の夜行列車に乗るといった。

「送りに行きたいんだが、金曜日は残業しなければならないんだ」

高見は申しわけなさそうにいった。

みどりは笑って、

「構わないわよ。おみやげ買ってくるわ」

「ひとりで大丈夫かな？」

「私はもう二十四歳よ。子供じゃありません」

とみどりはおかしそうに笑った。

高見は、金曜日は夜の十時近くまで、会社に残って仕事をした。係長になったので、仕事を放り出して、上野駅へみどりを見送りには行けなかった。

みどりは夜九時頃の夜行に乗り、秋田へ着くのは明日の朝だといっていた。

高見は何となく心配で、明日、秋田へ着いたら、必ず電話をくれと、みどりにいっておいた。

好きな相手が出来たということは確かに楽しいが、同時に苦しいことでもある。デイトのあと、彼女をタクシーに乗せると、そのタクシーが事故でも起こさないだろうかとか、運転手が途中で妙な気でも起こしはしないかと心配してしまう。

残業が終って自分のマンションに帰ってからも、高見はみどりのことが気がかりだった。

乗った列車が事故でも起こさないかと、心配になる。

金曜日の夜、残業を終って自宅マンションに帰るとすぐテレビをつけたのは、そんな心配があったからである。

別にニュースでなくてもいい。国鉄で事故があったのなら、スーパーで画面に入ってくるだろう。

三十分ほど同じ番組を見ていたが、鉄道事故のニュースはなかった。

ほっとして、高見はベッドに寝転んだ。

とにかく、国鉄に事故がないとすれば、みどりの乗った列車は無事に走り続けているのだ。

今度は、彼女が秋田の実家に着いてからのことが、心配になって来た。

彼女は両親を説得する自信があるといっていたが、果してうまくいくだろうか？

田舎の両親だから頑固だろう。特に父親は、娘の結婚話を嫌がるものだと聞いたことがある。

それに、みどりには地元の大学にいっている妹がいるが、女二人の姉妹で兄や弟はいないから、両親としては地元の青年と結婚させたいと思っているに違いない。それも、婿を貰《もら》いたいだろう。

（どう考えても、おれはあまり有利じゃないな）

と高見は思った。

翌土曜日は、いつもならゆっくりと寝坊するのだが、みどりのことがあるので早く起きてしまった。

列車の名前をきくのを忘れてしまったが、午後九時頃に上野を出る夜行列車で、秋田には翌朝着くといっていた。

高見はめったに見たことのない時刻表を取り出して、秋田行の夜行列車を調べてみた。

午後九時前後に上野を出て、秋田へ行く列車は何本かある。

	上野発	秋田着
特急「あけぼの1号」（青森行）	20：50	↓6：00
〃「あけぼの3号」（青森行）	22：00	↓7：05
急行「おが《おが》」（男鹿行）	21：20	↓8：26

この三本のどれに乗ったにしろ、今朝の八時二十六分には秋田に着いている筈《はず》である。

彼女の実家は秋田市内だから、おそくとも九時半には家に着くだろう。

パンと牛乳だけの朝食をすませた高見は、テレビを見ながらみどりからの電話を待った。

朝のニュースでも、国鉄の事故のことは一度もいわなかったから、全線、正常に動いているということだろう。

しかし九時を過ぎ、十時になっても、電話は鳴らなかった。

(おかしいな)

と思いながらも高見は、家に着いてすぐは彼女も、こちらに電話するわけにはいかないのだろうと考えた。

それにまた、両親を説得してイエスの知らせをしたいのだろうとも思った。

だが昼近くなっても、みどりからの電話はかかって来なかった。

2

電話が鳴ったのは午後六時過ぎである。

窓の外はもう暗くなっている。高見は電灯をつけるのを忘れていた。

明りをつけてから受話器を取った。

「そちら、高見さんですか？」

若い女の声がきいた。

一瞬、みどりと思い、

「おそいんで心配したよ」

といぅと、相手は当惑したように、

「あの――」

「みどりさんじゃないの?」

「はい。妹のかおるです」

と相手はいった。そういわれれば、声がよく似ているが、どこか違っていた。

「みどりさんは、そちらで病気にでもなってしまったんですか?」

それ以外に妹が電話してくる理由が分からなくてきくと、妹のかおるは、

「いいえ。姉はまだ、こちらに着いていないんです。それで、高見さんに聞けば何かわかるかと思って」

「よく僕の電話番号が、分かりましたね? 姉さんから聞いていたんですか?」

「高見さんの名前は、時々、聞いていました。それで、東京の電話局で調べてみたんです」

「なるほど。しかし、みどりさんがそちらへ着いていないというのは、おかしいですね。昨日の夜行に乗ったんですから、今日の朝には着いていなければいけないんですよ」

「ええ。姉も昨日電話してきたときは、明日の朝、着くといっていたんです」

「どうしたのかな。急用が出来て、昨夜、乗れなかったんだろうか?」

「それならそれで、電話してくると思うんです」

「確かにそうですね」

「それに、姉のアパートに電話してみたんですけど、いませんでしたわ。両親も心配しているんです。どうしたらいいでしょうか?」

「ひょっとすると、何か理由があって、昨日の列車に乗れなくなったのかも知れません。調べてみますから、そちらの電話番号を教えて下さい」

高見は秋田の家の電話番号をメモしてから、マンションを飛び出した。

とにかく、四谷三丁目の彼女のアパートに行ってみることにした。

国鉄では事故は起きていないのだから、上野で乗っていれば、秋田に着いている筈なのだ。

とすれば、何か乗れない理由があったに違いない。それも、電話連絡出来ないようなことがである。

急病で、救急車で運ばれたということも考えられる。

高見は自分の車で四谷三丁目に行き、彼女のアパートに着くと、お互いに交換して持っていたカギで部屋に入った。

八畳一間だが、若い女性らしいきれいに整理された部屋である。

彼女の匂いがする。が、人の気配は全くなかった。

部屋全体が冷え冷えとしているところをみると、昨日、列車に乗らずにこの部屋に戻ってきて過ごしたということは、なさそうである。

管理人室に行ってきいてみたが、昨夜から今朝にかけて、救急車が来たこともないという返事だった。

高見は彼女の部屋へ戻って、考え込んでしまった。

金曜日、みどりは五時に会社を出た筈である。

いったんここへ帰ってから上野駅へ向ったのか、それは面倒なので、東京駅前の会社から直接、上野へ行ったのかも、高見は知らなかった。

とにかく、みどりは秋田に着いていないのだ。

何処で行方不明になったか、調べなければならない。

（昨日、仕事なんか放り出して、彼女を上野駅へ送って行けばよかった）

と思ったが、今更どうしようもなかった。

まず、上野まで行ったのかどうか、調べなければと思った。

みどりには親しくしていた女友だちがいる。会社の同僚である。

高見は自宅に戻ると、会社の職員録を取り出した。彼女たちに、片っ端から電話をかけてみた。

連休なので、どこかへ旅行に出かけてしまっている者もいたりして、三人目にかけた井上冴子《いのうえさえこ》がやっと電話口に出てくれた。

「矢野君のことで聞きたいんだがね。昨日、彼女は、上野から実家のある秋田へ出かけた筈なんだが、そのことで何か知らないかな？」

「彼女、どうかしたんですか？」

「いや、何でもないんだが、昨日、見送りに来てくれといわれていたのに、残業で行かれなかったものだからね」

高見はあいまいないい方をしたが、冴子は別にきき直したりせずに、

「昨日、私は彼女と上野へ一緒に行きましたわ」

「それ、本当かい？」

「ええ、私も不忍池《しのばずのいけ》の近くの親戚《しんせき》に行く用があったんで、一緒に上野まで行ったんです」

「何時に会社を出たの？」

「五時に終ってからですわ」

「上野に着いたのは、何時頃？」

「確か、六時頃じゃなかったかな。彼女が時間があるというので、上野の駅前の喫茶店で、ケーキを食べながらお喋《しゃべ》りをしたんです。係長さんのことも、彼女から聞きましたわ。結婚なさるんですってね。おめでとうございます」

「どうも。それでその喫茶店には、何時頃までいたの？」

「ずいぶん、お喋りしてましたわ。八時半になって、彼女がそろそろ駅へ行くというので、店を出たんです。だから二時間半もいたんだわ」

冴子は自分でびっくりしている。

「八時半に店を出たのは、間違いないんだね？」

「ええ。彼女が腕時計を見ていったんだから、間違いありませんわ」

「それからすぐ上野駅へ、彼女は行ったんだね？」

「ええ。横断歩道を渡って、彼女は駅に入って行き、私は不忍池の親戚の家に行きましたわ」

「くどいようだけど、矢野君は駅の構内へ入って行ったんだね？」

「ええ。駅の入口のところで、手を振って別れたんですわ」

「彼女は何時の列車に乗ったか分からないかね？」

「寝台車でゆっくり眠って行くんだといってましたけど、何時の列車かは聞きませんでしたわ。彼女、どうかしたんですか？」

「いや、何でもないんだ。どうもありがとう」

高見は電話を切った。

井上冴子が嘘をついていなければ、みどりは昨日、間違いなく上野へ行ったのだし、冴子が嘘をつくとは思えなかった。冴子は人の好い女だし、みどりとは仲よしだったからである。

上野駅前の喫茶店で、八時半まで冴子とお喋りをして、時間をつぶした。ということは、もう何時発かの列車の切符を買って、持っていたということだろう。

そして冴子と別れて、駅に入って行った。

となると、駅の構内に入ったのは八時三十五、六分の筈《はず》である。

それから夜行列車へ乗ったとすると、まず二〇時五〇分発の特急「あけぼの1号」が考えられる。

それに乗ったのだろうか？

高見が考えていると、電話が鳴った。

受話器を取ると、秋田の矢野かおるだった。

「姉のこと、何か分かりましたか？」

とかおるは緊張した声できいた。

秋田にはまだ帰っていないらしい。

「いろいろと調べているんですが、上野駅へ行ったことははっきりしました。会社の友だちと上野へ行き、八時半にその娘《こ》と別れて、駅に入ったそうです」

「じゃあ、列車に乗ったことは間違いありませんのね？」

「と思いますが、確証はありません。みどりさんは、そちらへ何時に着くと、あなたにいったんですか？」

「それが、分からないんです」

「何時に着く列車なのか、聞かなかったんですか？」

「電話で聞いたんですけど、教えてくれませんでしたわ」

「それはおかしいな」

と高見は呟《つぶや》いてから、

「実はね、僕も今になって、何時の列車か聞いておけばよかったと思っているんです。しかし一緒に上野まで行った友だちにも、みどりさんは何時の列車かいわなかったし、妹のあなたにもいわなかったというのは、何か理由があったんじゃないだろうか？」

「私にいわなかった理由は、はっきりしていますわ」

「何です？」

「姉は気持が優しいんです。だから、列車が朝早く着くと分かって、私が駅に迎えに行くのを気の毒がって、教えなかったんだと思いますわ」

「なるほどね。僕は上野を二〇時五〇分に出発する特急『あけぼの1号』に乗ったと見ているんですが、確かに、この列車が秋田に着くのは午前六時と早いですね」

「姉が私にいわなかった理由は、他には考えられませんわ」

「そうですね」

「私、今日待っていても、姉が帰って来なかったら、東京へ行く積りなんです。その時は、一緒に姉を捜して下さいません？」

「いいですよ」

「では、明日、上野駅に着いたらお電話しますわ」

3

電話が切れると、高見は考え込んでしまった。

妹のかおるには気を遣って、どの列車で行くか知らせなかったのかも知れない。しかし高見や冴子には、なぜいわなかったのだろうか。

高見の場合は、どうせ見送りに行けないのできかなかったのだが、いつものみどりなら、そんな時でも自分の乗る列車のことを喋った筈である。

(分からないな)

高見は行き詰って、首を振った。

彼女がいわなかったことが、彼女が消えてしまったことと関係があるのだろうか？ 蒸発ということも考えてみた。

しかしみどりに、身を隠さなければならない理由があったとは思えない。

誘拐されたのだろうか？

しかし、それなら犯人からの要求が、秋田の実家か高見のところに来ていなければならないが、それがない。

すでに夜の十時を廻《まわ》っている。

深夜のテレビのニュースを見たが、列車事故のニュースも、矢野みどりの名前もなかった。

明日の日曜日は、みどりの顔写真を持って上野駅へ行き、駅員に、彼女を見なかったかきいてみようかと思ったりもした。みどりはかなり派手な顔立ちだから、ひょっとして、彼女が列車に乗るのを見た駅員がいるかも知れない。

翌日の日曜日の午前九時を回った頃、電話がかかった。

「私です。今、上野駅に着きました」

と矢野かおるの声がいった。

昨夜の二三時二六分秋田発の特急「あけぼの6号」に乗ったのだという。

「夜の十一時まで待ったんですけど、姉が帰って来ないので、来てしまいました」

「すぐ迎えに行きます」

と高見はいった。

目印を決めておいて、高見は上野駅へ行ったが、目印を決める必要もなかったほど、かおるは姉によく似ていた。

ただ違っていることといえば、姉のみどりの方が、東京での生活で服装が洗練され、派手な感じだったことくらいである。

「食事はまだですか？」

高見は、彼女のスーツケースを持ってやりながらきいた。

「ええ」

「それなら丁度いい。僕もまだなので、一緒に食べましょう。そのあとで、お姉さんのアパートに案内しますよ」

上野駅を出て、公園方面に歩いたところにあるレストランで、高見はかおると遅い朝食をとった。

「姉は何処へ行ってしまったんでしょう？」

　かおるは大きな眼で高見を見た。

　みどりも同じように大きな眼だが、年齢のせいか、もっと色気を感じさせる。

「僕にも全く分からないんですよ。最後に会った時は、別におかしいところは何もありませんでしたからね。上野駅まで一緒に行った友だちも、何も変なところはなかったといっているんです。強いて彼女らしくないところといえば、僕やその友だちに、乗る列車の時刻をいわなかったことぐらいです」

「何か事件に巻き込まれたんでしょうか？」

「それも考えてみましたがね、金曜日の夜、上野駅で何か事件があったというニュースはなかったし、あの日、午後八時半以後に上野駅を出て秋田に行く列車は何本もありますが、どの列車も事故を起こしていないんです」

「それでは、姉は自分の意志で、姿を消したんでしょうか？」

「分かりませんが、そんなことはないと思っています。彼女は僕との結婚の許可を貰《もら》うために、秋田へ行こうとしていたんですからね。他へ行く筈がないんです」

　高見はそういったあとで、ふと小さな疑惑が胸をかすめるのを覚えた。

　高見は何度もみどりにプロポーズしていた。

　美しく魅力的な彼女が好きだったこともあるが、他の男に彼女をとられるのが嫌だったからでもある。彼女は否定していたが、高見の他に何人か、ボーイフレンドがいるという噂を聞いていた。

みどりは高見が結婚してくれというたびに、そんなに急がなくてもとはぐらかすようないい方をしていたのだが、今度は彼女の方から、突然、結婚するといい、両親の許可を得るために秋田へ行って来るといったのである。

高見は嬉《うれ》しくて、突然の彼女の申し出を疑ってもみなかったのだが、こうなってみると、なぜだろうかという疑問もわいてくる。

「そろそろ行きましょうか」

高見は疑惑を打ち消すように、かおるに声をかけた。

がかおるは、その声が聞こえなかったみたいに、一点を凝視している。

「どうしたんですか？」

「あれッ」

とかおるは、店の隅におかれたテレビを指さした。

高見はあわてて振り向いた。

ボリュームを小さくしてあるので、アナウンサーの声が聞こえなかったのだ。

画面に川が映っている。

〈二十四、五歳の女性の死体〉

という字が出ていた。

高見はテレビのところへ行って、音を大きくした。

とたんにアナウンサーの声が耳を打った。

――今朝早く、鬼怒川《きぬがわ》の土手をジョギングしていた宇都宮《うつのみや》市のサラリーマン吉川晋市《よしかわしんいち》さん四十九歳が、柳田《やなぎだ》大橋の上流約二キロのところで、川岸に流れついている若い女性の死体を発見し、警察に届け出ました。警察の調べによると、この女性は死後二十四時間以上経過しており、年齢二十四、五歳、身長百六十三センチ、体重は五十キロ。ピンクのワンピースの上に白いコートを羽おっています。警察は、他殺、事故死の両面から調査する模様です。

「彼女だ！」

と高見は叫んだ。

みどりはピンクのワンピースに、白いコートを羽おっていたからである。

4

「宇都宮へ行ってみましょう」

高見は蒼《あお》ざめた顔で、かおるにいった。

「やっぱり姉さんなんですか？」

かおるも蒼い顔できいた。

「彼女は金曜日に、ピンクのワンピースの上に白のコートを羽おっていたんです。別人ならいいんですが、とにかく行ってみましょう」

「ええ」

二人はレストランを出た。

「新幹線の方が早く着くと思いますよ」

高見は東北新幹線の宇都宮までの切符を買い、新幹線リレー号に乗った。

二人とも、車内では黙り込んでいた。

高見は、テレビの女がみどりでないことを祈りながらも、心のどこかで彼女に違いないという気持も持っていた。

大宮《おおみや》からは、一二時発の「やまびこ21号」に乗った。

宇都宮に着いたのは一二時三一分である。

列車の中で押し黙っていたかおるが、ホームに降りてから初めて、

「どこへ行けばいいんでしょうか？」

といった。

「テレビでは警察が調べているといっていましたからね。まず警察へ行ってみましょう」

高見は一緒に新幹線の改札口を出ると、タクシーを拾って栃木県警察本部へ行って貰った。

県警察本部は市内の八幡山《はちまんやま》公園の傍にあった。県庁の隣りである。

受付けで、高見は自分とかおるの名前をいい、鬼怒川で見つかった女性の死体のことで来たといった。

「私の姉かも知れないんです」

とかおるもいった。

受付けの警官はじっとかおるの顔を見て、

「矢野かおるさんでしたね？」

「はい」

「矢野みどりさんは、あなたのお姉さんですか？」

「はい、そうですけど」

と肯《うなず》いてから、かおるは顔色を変えて、

「やっぱり姉だったんですか？」

「とにかく、こちらへ来て下さい」

受付けの警官は、高見とかおるを奥へ連れて行った。

そこで、大西《おおにし》という四十五、六歳の部長刑事に紹介された。

大西は「まあ、お座り下さい」と、高見たちに椅子をすすめてから、

「鬼怒川で見つかった女性の遺体を知っているということでしたね？」

と改めてきいた。

「矢野みどりという名前ということですが？」

高見はきき返した。

「そうです。現場近くを探してみたら、ハンドバッグが川の中から見つかりましてね。中を調べたところ、運転免許証が入っていましてね。写真から、本人のものに間違いないと分かったわけです」

大西は机の引き出しから一枚の運転免許証を取り出して、高見とかおるの前に置いた。

かおるはそれをひと目見て、急に泣き出した。

「間違いありませんか？」

と大西がきく。

「ええ。彼女のものです」

高見が答えた。

みどりは時々、友人の車を借りて運転していた。

「そうですか。お気の毒です」

大西は軽く頭を下げた。

かおるが嗚咽《おえつ》しているので、高見が、

「それで、遺体は何処にありますか？」

「病院に運んであります」

「何のためにですか？」

「他殺の疑いが強いので、解剖の必要があるからです」

「すると彼女は、誰かに殺されたというわけですか？」

高見がきき、その言葉でかおるが顔をあげた。

「その可能性があるということです。身体に外傷がありましてね。それが殴打されてついたものか、或《あ》るいは橋から転落したときについたものか分からないのです。前者なら殺人ですし、後者なら事故死ということになります」

「姉の遺体に会わせて下さい」

かおるが泣きはらした顔で大西部長刑事を見た。

5

パトカーで病院へ行き、高見とかおるは変り果てたみどりの遺体と再会した。

二十四時間以上、水に浸《つか》っていたようだということで、皮膚は変色してしまい、指先はふやけた感じになっていた。

顔にも打撲傷があった。

「鬼怒川は増水していましてね。それでかなり流されたものと思っています。解剖すれば、死因や死亡時刻なども分かると思うのです」

と大西はいった。

かおるが解剖に同意してから、今度は死体の発見された場所へ案内された。

大西がいった通り、鬼怒川は増水していて、濁りながら流れていた。

土手の上に立って、大西が説明した。

「あそこに杭《くい》を打ってあるところが見えるでしょう。あの辺りが澱《よど》みになっていましてね。遺体が杭に引っかかっているのを発見したんです。ハンドバッグは、五、六十メートル下流で見つかりました」

「上流から流されたといいましたね？」

高見が川面《かわも》に眼をやってきいた。

「そうです。ここから三キロほど上流に、国道四号線にかかる鬼怒川橋があります。そこから誤って落ちたのか、或いは突き落とされたかのいずれかだと思っています」

「三キロも上流からですか」

「他に近い橋はありませんから」

と大西部長刑事は冷淡な口調でいってから、

「お二人に聞きますが、みどりさんは金曜日の夜、上野から秋田行の夜行列車に乗られたんじゃありませんか？」

「ええ」

と高見はびっくりして、

「なぜそう思われたんですか？」

「ではもう一度、県警本部に戻って下さい」

大西がいい、二人はまたパトカーに乗り、県警本部に戻った。

大西は二人の前に、濡《ぬ》れたハンドバッグや中身を並べて見せた。

「これもハンドバッグの中に入っていたんですが、濡れてちぎれかけていましてね。そっと乾かしたわけです」

大西は一枚の切符を見せた。

「金曜日の二〇時五〇分上野発の『あけぼの1号』の寝台乗車券です。行先は秋田までで、5号車の下段の寝台になっています。これに乗ることになっていたんですか？」

「確かに、金曜日の夜行列車で秋田に行くことになっていました。間違いありません」

と高見がいった。

午後八時半に上野駅に入ったとすれば、八時五十分の「あけぼの1号」にはゆっくりと間に合う。

「でもそれなら、なぜ姉はあんなところで死んでいたんでしょうか？」

かおるが当然の疑問を口にした。

「私にも分かりませんが、何かの理由で途中下車して、鬼怒川まで行き、自分で落ちたか、或いは突き落とされたかだと思いますね」

「『あけぼの1号』の宇都宮着は、何時ですか？」

高見がきくと、大西は手帳を開いて、

「私もそれを調べてみましたよ。『あけぼの1号』の宇都宮着は二二時一六分で、二分停車ですね」

「午後十時十六分ですか」

その時間なら、まだ宇都宮駅で乗り降りする人間は何人もいるだろう。

だが秋田まで行く積りの人間が、なぜ宇都宮で途中下車したのだろうか？

高見には分からないし、かおるにも見当がつかないという。

明日になれば解剖結果が分かるというので、二人は宇都宮市内のホテルに泊ることにした。シングルルームに入った高見は、なかなか眠れなかった。

みどりは死んでしまったのだ。胸に風が吹き抜けていく寂しさと同時に、なぜ彼女が、宇都宮で途中下車したのだろうかという疑問が、高見を眠らせないのだ。

確かに乗ったのだろうか？　そうだとしたら、途中下車しなければならないほど大事な用事だったのか。

夜が明け、九時を過ぎて階下の食堂に降りて行くと、かおるも朱《あか》い目をしてやって来た。

「まだ、姉が死んだなんて信じられないんです」

とかおるがいう。

「僕もです」

食事をすませたあと、二人はもう一度、県警本部に大西部長刑事を訪ねた。

「解剖結果が分かりましたよ」

大西は眼を輝かせて二人にいった。

「それで、どうなったんですか？」

「やはり、他殺です。肺に水が入っていませんから、水に落ちる前にすでに死亡していたんです」

「そうですか。殺されたんですか」

「死亡推定時刻は、午後十時から十一時までの間です。『あけぼの1号』の宇都宮着が、昨日いいましたように午後十時十六分ですから、ぴったり一致することになります。宇都宮で途中下車して鬼怒川まで行き、殺されたことになります。増水していなければすぐ発見されたでしょうが、増水のため水に巻き込まれ、下流へ流されたんだと思いますね。犯人は恐らく同じ列車に乗っていて、何か理由をつけてみどりさんを宇都宮で降ろし、鬼怒川のほとりまで連れて行って殴り殺したうえ、川に突き落としたんです」

「誰が、誰が姉を殺したんでしょうか？」

かおるがきいた。

「そのことで、お二人に協力して頂きたいのですよ」

大西は高見とかおるを、見比べるように見た。

二人が黙っていると大西は、

「みどりさんが、誰かに命を狙われているといったようなことを、口にしたことはありませんか？」

「いいえ」

「僕も聞いていませんよ」

とかおると高見がいった。

「では、みどりさんを恨んでいる人間に、心当りはありませんか？」

「姉は他人《ひと》に恨まれるような人間じゃありませんわ」

かおるが言下に否定した。

「あなたはどうですか」

と大西が高見にきいた。

「心当りはありませんが、僕は彼女の全部を知っているわけじゃありませんから」

「あなたは、みどりさんと結婚することになっていたんでしたね？」

「ええ。彼女はその許しを両親から貰《もら》うために、秋田の実家へ帰るところだったんです」

「なるほど。そんな大事な旅だったわけですか。しかし、そうだとすると、もし彼女に惚《ほ》れていた男がいれば、その男としては、どうしても妨害したいと考えるでしょうね」

（そんな男がいたのだろうか？）

高見は暗い目付きになった。

「みどりさんは、東京にお住いでしたね？」

「ええ」

「その部屋を拝見したいですね。何か犯人につながるものが、見つかるかも知れません」

と大西がいった。

大西ともう一人、三沢《みさわ》という若い刑事が、高見たちと一緒に東京にやって来て、みどりのアパートを調べることになった。

二人の刑事が、八畳一間の部屋を隅から隅まで、入念に調べている間、高見とかおるは廊下で眺めていた。

高見は、自分の知らないみどりの姿が見つかるのが怖かったし、同時に見つかってくれなければ困るとも思った。見つからなければ、彼女を殺した犯人も見つからないからである。

「ちょっと来て下さい」

大西が呼んだ。

高見とかおるが入って行くと、大西は一通の封書を二人に見せた。

東京の上北沢《かみきたざわ》の住所と、藤沢卓也《ふじさわたくや》という名前の書かれた封書だった。

「この名前に心当りはありませんか？」

と大西がきいた。

「僕はありませんね」

高見がいい、かおるも首を横に振った。

「手紙を読んでみましょう」

大西は中身の便箋《びんせん》を取り出して、低い声で読んだ。

〈お前はおれのものだ。おれを捨てて他の男のところに行くことは、絶対に許さん。そんな真似をしたら、お前を殺してやる〉

「これは、明らかに脅迫状だな」

と大西は呟《つぶや》いてから、

「この藤沢卓也という名前に心当りはありませんか？」

と高見にきいた。

「いや。知りません」

「では、あなたに隠してつき合っていたということですかね」

「そんなことはないと思うんですが――」

高見は急に、自信がなくなってくるのを感じた。

高見が親しくなる前、みどりに何人ものボーイフレンドがいたことは知っていた。彼等のことをなるべく考えないようにしていたのも事実だし、みどりも自分と親しくなってからは、他の男とのつき合いはなかったと信じていたのである。

彼等の一人が、みどりのことを諦《あきら》め切れずに、執拗《しつよう》につきまとっていたということなのだろうか？

(困っていたのなら、なぜ相談してくれなかったのか)

と高見は、それが口惜《くや》しかった。

まだこの男がみどりを殺したと決ったわけではないが、今度の秋田行にそんな無理があったのなら、どんなことをしてでも一緒に行くのだったと、それが悔まれてならない。

「この男に会いに行きましょう」

と大西がいった。

「ええ。行きましょう」

高見が勢込んでいうと、大西は釘《くぎ》を刺すように、

「どんな話になっても、カッとして相手に乱暴はしないで下さいよ。話を聞くのはわれわれがしますからね」

6

東京の地理にあまりくわしくないという二人の刑事を、高見は上北沢へ案内した。

京王《けいおう》線の上北沢駅から二十分近く歩いたところにある小さな家に、藤沢という男はひとりで住んでいた。

三十歳ぐらいの、目つきの鋭い男だった。

グラフィックデザインの仕事をしているといい、部屋には自分が描いたという何枚ものデザイン画が飾ってあった。

大西がまず、例の手紙を藤沢に見せた。

藤沢はちらりと見てから、すぐ高見やかおるに目を向けて、

「この人たちも警察の方ですか？」

「いや、この人たちは亡くなった矢野みどりさんの関係者です。それより、その手紙はあなたが書いたものですね？」

大西が鋭い声でいった。

「まあ、僕が書いたものですよ。それがどうしました？　私信を勝手に読んでいいんですかね？」

「殺人事件ですから許して下さい。そこには殺してやると書いてありますね。本気でそう思って、書いたんですか？」

「もちろん、冗談ですよ。冗談に決っているじゃありませんか」

藤沢は笑って手を振った。

「しかし、それにしてはきつい言葉が並んでいますね。それに、消印は一週間前だ。その脅迫状が届いてすぐ、矢野みどりさんは殺された。金曜日の夜は何処でどうしていたか、教えて下さい」

大西がいうと、藤沢はニヤッと笑った。

「アリバイというわけですか」

「まあ、そんなところです」

「金曜日ね。確か仲間と、浅草《あさくさ》田原町《たわらまち》の天ぷら屋で一緒に食事をしましたよ。仲間の一人がデザインコンクールで優勝したので、ささやかなお祝いをやったわけです。店の名前は『丸天《まるてん》』です。夕方の六時から始めましたよ」

「何時までその店にいたんですか？」

「九時までです。九時でその店が閉まるんですよ。それでまあ、僕たちは追い出されたわけです」

「そのあとは？」

「僕は徹夜でやらなきゃならない仕事があったので、家に帰りましたよ。他の連中は新宿辺りへ行って、飲み直したみたいですがね」

「コンクールで優勝した人の名前は？」

「青木徹《あおきとおる》。二十九歳の将来有望なデザイナーですよ」

「上野から、特急『あけぼの1号』に乗ったことはありませんか？」

「いや、全くありませんよ」

「彼女とはどんな関係なんだ？」

高見が激しい口調でいった。

藤沢はじろりと高見を睨《にら》み返した。

「六本木《ろっぽんぎ》で飲んでいたら、彼女が来たんだ。退屈そうにしてたから、つき合ってやったのさ。会社の男は型にはまっていて、退屈だっていっていたよ。僕みたいな自由人と付き合うのが楽しいってね。ところがどんな心境の変化か知らないが、その退屈な会社の男と結婚するんだといい出した」

「それで、手紙で脅したのか？」

「まあ、からかったという方が合ってるさ。殺したりはしないよ。僕には他にも女はいるからね」

7

高見が藤沢といい合いになりかけるのを大西が止めて、四人は外へ出た。

「あいつがみどりを殺したに決っていますよ」

まだ興奮さめやらぬ顔で、高見が大西にいった。

「それはわれわれが調べますから、あなたと矢野さんはその結果を待って下さい」

「調べるって、どうやるんです？」

「藤沢のアリバイを調べるんです。彼は金曜日の夜、仲間と午後九時まで浅草にいたといっている。それが本当かどうかをね」

「一緒に行っちゃいけませんか？」

「こういう調査は、われわれに委《まか》せて下さい」

「しかし、浅草を知ってますか？」

高見がいうと、大西は笑って、

「浅草ぐらい知ってますよ。それに、東京警視庁の協力も仰ぐつもりでいます」

といった。

高見は仕方なく、かおるをみどりのアパートまで送って行った。

「ごめんなさい」

とその途中でかおるがいった。

「何がですか？」

「姉が、あなたの望んでいたような人じゃなかったみたいで――」

「いや、それだけ彼女が魅力的だったということでしょう」

と高見はいった。

半分は嘘だった。藤沢のような男と付き合っていたことが分かったのは、決して快くはない。それは多分、しばらくの間、高見の心にわだかまりとなって残るだろう。

かおると別れて自分のマンションに帰ってから、高見はじっと考え込んだ。明日も仕事をする気になれないから、休暇願を出しておこう。

高見には、あの藤沢という男がみどりを殺したとしか思えない。

自分の女だと思っていたみどりが、急に会社の人間と結婚するといったので、脅迫状を出した。が、それでもいうことをきかないので、殺したのだ。

大西部長刑事から連絡があったのは、翌日になってからだった。

「どうも、藤沢という男はシロですね」

と大西は電話でいった。

「なぜ彼がシロなんですか？」

「アリバイがあるからですよ。金曜日の夜、浅草の『丸天』という天ぷら屋で仲間五人と、午後九時まで食事をして飲んでいたことが、はっきりしたからです。店の主人も、九時になったので、申しわけなかったが帰って貰《もら》ったと証言しているんです」

「その時まで彼がいたんですか？」

「いましたよ。藤沢が店の料金を払っているんです。いいですか、矢野みどりさんは、二〇時五〇分上野発の『あけぼの1号』に乗っている。そしてなぜか宇都宮で途中下車して、鬼怒川の河原へ行き、殺されたうえ、川の中に投げ込まれたんです。午後九時というと二十一時です。二十一時に浅草にいた藤沢は、『あけぼの1号』には乗れないんです」

「東北新幹線で追いかければ、追いつけるんじゃありませんか？　宇都宮へ先廻《さきまわ》り出来るんじゃありませんか？」

高見がきくと、大西は笑って、

「そのくらいのことは調べましたよ。東京警視庁の亀井という刑事も一緒に調べてくれましたが、駄目なんです。東北新幹線の最終列車は二一時五〇分大宮発で、これに乗ると、宇都宮に二二時〇四分に着きます。『あけぼの1号』の宇都宮着は二二時一六分だから、先廻り出来ます。しかしこの列車に乗るためには、上野を二〇時四七分発の新幹線リレー号に乗って、大宮へ行かなければならないんですよ。二十一時に浅草にいた藤沢は、このリレー号には乗れないんですよ」

「それなら、浅草から直接、大宮へ車を飛ばしたらどうですか？」

「それも調べましたよ。週休二日制が増えて、金曜日の夜は東京の町は交通渋滞がひどい。四、五十分で浅草から大宮までタクシーで行くことは、とうてい無理ですよ。藤沢はシロです」

「しかし――」

「われわれも残念ですが、アリバイがあってはどうしようもありません。私と三沢刑事は宇都宮へ戻って、もう一度、現場附近の聞き込みをやってみます。そうだ、何か気付いたことがあったら、東京警視庁の亀井という刑事に連絡して下さい。今日一緒に調べてくれた人です」

それだけいうと、大西は電話を切ってしまった。

高見は新宿でかおるに会って、大西からの電話の内容を伝えた。

「それじゃあ、誰が姉を殺したんでしょうか？」

かおるは朱《あか》い眼で高見を見上げた。昨夜はよく眠れなかったのだろう。

「僕は今でも、藤沢という男が犯人だと思っているんです。他には考えられない」

「でも、アリバイがあるんでしょう？」

「大西刑事はそういっていましたが、浅草で宴会をやったというのが、引っかかるんです」

「なぜですか？」

「そうだ、あなたは東京のことにくわしくなかったんだな。浅草と上野とは目と鼻の近さなんです。地下鉄で五、六分の距離ですよ。金曜日にそんなところで宴会をやったというのが、どうしても引っかかるんですよ。第一、彼の家は上北沢だ。新宿や渋谷の方が近いんです。わざわざ浅草まで行ったというのが、おかしい」

「でも、九時に店を出たとすると、『あけぼの1号』には乗れないんでしょう？」

「そうです。絶対に乗れない」

「それでは、アリバイは完璧《かんぺき》じゃありませんか。私もあの人が怪しいとは思いますけど」

「ちょっと待って下さい」

高見は急に腕を組んで考え込んでしまった。

かおるはじっと高見を見ている。

「僕たちは、最初から欺《だま》されていたのかも知れない」

と高見はいった。

「欺されたって、どんなことですの？」

「みどりさんは、本当は『あけぼの1号』には乗っていなかったんじゃないだろうか？」

「でも、列車の切符が――」

「それで欺されたのかも知れませんよ。『あけぼの1号』の切符を持っていたから、それに乗っていたと思い込んでしまった。しかしみどりさんは、殺されてから鬼怒川に投げ込まれたんです。犯人は前もって『あけぼの1号』の切符を買っておいて、それをハンドバッグの中に入れておいたということだって、考えられるんです。実際には、もっとあとの列車に乗っていたんじゃないか。それなら午後九時に浅草にいても乗れますからね」

「ええ」

「時刻表を持って来ます」

高見はレジのところに行き、時刻表を借りて戻ると、かおると二人でページを繰ってみた。

秋田方面行の奥羽《おうう》本線のページを見た。

「あけぼの1号」のあとにも、何本か夜行列車が出ている。

○急行「おが」
上野発二一時二〇分
宇都宮着二二時五八分
○特急「あけぼの3号」
上野発二二時〇〇分
宇都宮着二三時二六分
○特急「あけぼの5号」
上野発二三時二四分

宇都宮着二三時五四分

これ以後にも列車はあるが、遅すぎる。

「この列車にならその男は浅草に九時にいても乗れますよ。本当はみどりさんも、このどれかに乗っていたのかも知れない。そして藤沢は、何か理由をつけてみどりさんを宇都宮で降ろし、車で鬼怒川まで行き、殺して川に投げ込んだんですよ。列車の切符をすりかえてです」

「でも、それをどうやって証明したらいいんでしょうか？」

「警視庁の亀井という刑事に相談しましょう。大西さんがそういっていましたからね」

高見はかおると二人で、地下鉄で桜田門《さくらだもん》の警視庁へ行った。

受付けで話をすると、すぐ亀井という刑事を呼んでくれた。

四十五、六歳の平凡な男で、一瞬、この刑事が頼りになるだろうかと、高見は疑問に思ったくらいだった。

亀井は如才なく二人を応接室へ案内してから、

「君たちのことは、向うの大西さんから聞いている。大変なことだったね」

「藤沢という男のことは聞きましたか？」

「ああ、脅迫状の主だろう。しかし大西さんの話では、その男には完全なアリバイがあるということだったが」

「それは、みどりさんが『あけぼの1号』に乗っていたとしてなんです。別の列車に乗っていたら、アリバイは崩れるんです」

高見はかおると二人で考えたことを、亀井に説明した。

亀井は、「なるほどねえ。なかなか面白いよ」と、小さく言葉にして肯《うなず》きながら聞いていたが、話が終ると急に、

「ちょっと失礼する」

といって応接室を出て行った。

「どうしたのかしら？」

かおるは怪訝《けげん》そうに高見を見た。

「分からないな。僕の話が馬鹿げていたのかな？」

高見はちょっと心配になって来た。

何しろ相手はプロである。高見の推理が馬鹿げて見えたのだろうか。

十二、三分して、亀井は地図を持って戻って来た。

テーブルの上に広げると、宇都宮周辺の地図である。

北から南へ流れる鬼怒川に赤い×印が二つついていて、1、2のナンバーが振ってあった。

「1は矢野みどりさんの死体が発見された場所、2はハンドバッグが見つかった場所だ。大西さんが印をつけていってくれたんだが、君たちの推理には問題がある」

と亀井は二人にいった。

「どんなことですか？」

「死亡時刻だよ。解剖の結果、死亡推定時刻は午後十時から十一時までの一時間だ。犯人は宇都宮でみどりさんを降ろし、車で鬼怒川へ運んだことは間違いない。その点は同意するだろう？」

「はい」

「宇都宮の駅で降ろした時は、彼女はまだ生きていた。死体を列車から降ろして、担いで駅を出たとは思えないからね」

「それは分かります」

「ところでと――」

と亀井は時刻表のページを繰っていたが、

「いいかね。『あけぼの1号』のあとの列車というと、次は急行の『おが』で、その次が特急の『あけぼの3号』だ。それぞれ宇都宮へ着く時刻は、二二時五八分と二三時二六分だ。十時五十八分と十一時二十六分ということだ」

「あッ」

と高見は声をあげた。

自分の推理に酔ってしまい、肝心のことを無視してしまっていたのだ。

亀井は微笑した。

「どうやら、君にも分かったらしいね。『あけぼの3号』の場合は、宇都宮に着いたとき、すでに死亡推定時刻を二十六分間も過ぎてしまっている。『おが』は辛《かろ》うじて二分前に着くが、ホームに降り、改札口を通って車に乗せるまでに、十二、三分はかかってしまうだろう。死亡推定時刻をオーバーしてしまう」

「じゃあ、僕の推理は間違っていたんでしょうか？」

「必ずしも間違っているとはいい切れないよ。犯人が車を運転できれば、違ってくる」

「といいますと？」

「宇都宮で降りたのでは、今いったように死亡推定時刻をオーバーしてしまう。そこで、その前の大宮で降ろして車に乗せる。或《ある》いは上野から乗ったと見せかけて、車に乗せて鬼怒川まで運んでもいい。自分の車でもレンタカーでも、或いは盗んだ車でもいい。タクシー以外ならね。例えば大宮は、『おが』で二一時四七分、『あけぼの3号』が二二時二五分だから大丈夫だ。車に乗せてすぐ殺してしまう。死体は鬼怒川まで運ぶ。これなら死亡推定時刻の範囲だ」

「じゃあ、それですよ。そうに決っています」

「問題は今もいったように、藤沢が車を運転出来るかどうかだ。タクシーの中で、まさか殺人は出来ないからね」

と亀井はいってから、

「すぐ、藤沢という男が車を運転出来るかどうか、調べよう」

8

結果は芳しくなかった。

藤沢は免許を取っていなかったし、車も持っていないことが分かった。

友人たちの話では、車を動かしたこともないということだった。

「まずいことになった」

亀井は、応接室に待たせておいた高見とかおるにいった。

「じゃあ、あの男は犯人じゃないんですか？」

高見が無念そうに亀井を見た。

「藤沢はタクシーを利用するしかないんだ。そうなると、時間的に間に合わないんです」

「彼女は午後八時三十分に、上野駅にいたことは間違いないんです。藤沢が駅に待っていて、脅してその場からタクシーに乗せ、鬼怒川までぶっ飛ばしたらどうですか？　八時半から十一時まで二時間半ありますから、何とか鬼怒川まで行けるんじゃありませんか？」

「鬼怒川の下流なら、ひょっとすると可能かも知れないが、1の地点より上流でなければいけないんだよ。上野駅から車で三時間はかかるといっているよ。しかも当日は金曜日で、交通が渋滞していたんだ」

「共犯がいて、その人が車を運転出来ればいいんでしょう？」

かおるが、そういって亀井を見た。

亀井は首をすくめて、

「殺人の共犯がいたら、犯人はそんな面倒くさい殺し方はしませんよ」

「じゃあ、どうしても駄目なんですか？」

「藤沢という男が犯人だとすると、上野発二〇時五〇分の『あけぼの1号』に被害者と一緒に乗り、宇都宮で降ろしてタクシーに乗せたとしか考えられない。鬼怒川に着いたところでタクシーから降ろして殺し、川に投げ込んだ。『あけぼの1号』の宇都宮着が二二時一六分、十時十六分だから、ゆっくり間に合うんだよ。大西さんの話では、宇都宮から現場まで三十分あれば車で行けるし、その上流でも四十分あれば大丈夫ということだ」

「しかし亀井さん、藤沢はその『あけぼの1号』に、乗ることが出来ないんですよ。九時まで浅草にいましたからね」

高見は口惜《くや》しそうにいった。

「それでは、藤沢以外に犯人がいるということになるね」

亀井は冷静にいった。

高見とかおるは、がっかりして警視庁を出た。

「少し歩きたいんですけど」

とかおるがいった。

二人は皇居のお堀のところにある並木道を歩いた。

時々、ジョギングをしている人が、二人の横を追い越して行く。

「藤沢を捕えられたと思ったんですがねえ」

高見は吐息をついた。

かおるは黙って歩いていたが、急に立ち止まった。

「列車から突き落としたのかも知れないわ」

「え?」

「亀井刑事さんが見せてくれた地図なんですけど、国鉄の線路が、宇都宮駅を出てから鬼怒川を渡っていましたわ。しかも、姉の死体が見つかったところより上流で、ですね。だから列車が鉄橋を通過中に、ドアを開けて突き落としたとは考えられません? それなら宇都宮でわざわざ降ろして、タクシーに乗せる必要はありませんわ」

「実は僕も同じことを考えてみたんですがね」

「駄目なんですか?」

「残念ながら駄目です。昔の列車のドアは手で開けられましたが、今は自動です。手で開けられないんですよ。そうでしょう? 無理に開けようとすれば非常ブレーキが効いて、列車は鉄橋の上で停車してしまいます。金曜日に鬼怒川の鉄橋で停《とま》ってしまった列車は、ないんです」

「駄目なんですか――」

かおるは声を落としてしまった。

亀井は藤沢以外に犯人がいるだろうといったが、高見とかおるはみどりの部屋を調べて、そんな人間の存在は感じられなかったのである。

みどりを殺したいと思っていた人間は、藤沢以外には考えられないのだ。

(あのヘボ刑事!)

と高見は腹が立った。

彼の推理の欠陥を指摘したのはやはりプロだと感心したが、藤沢が駄目なら他に犯人がいるだろうと、無責任なことをいっていた。

こちらは、藤沢以外に犯人が考えられないから苦しんでいるのにである。

「あのヘボ刑事!」

と今度は、声に出していった。

かおるはもう一日、東京にいてみるというので、彼女をみどりのアパートに送っていった。

そのあと口惜しさをまぎらわせようと、新宿で飲んだ。

したたかに酔ってマンションに帰り、ベッドに転がった。すでに午前二時に近かった。

服を着たままベッドで眠ってしまった。

電話のベルで、高見は目を開けた。二日酔いで頭が痛い。

手を伸ばして受話器を取った。顔をしかめながら、「もしもし」と呼んだ。

「高見さんだね？」

「あんたは誰です？」

「警視庁の亀井だ」

「ああ。藤沢以外に容疑者が見つかったんですか？」

「いや」

「それならもう少し寝かせて下さいよ。二日酔いで頭ががんがんするんだ」

「もう昼すぎだよ」

「そんなことどうでもいいでしょう。僕がすぐ起きたからって、犯人が捕まるわけでもないんだから」

「ご機嫌ななめだねえ」

と亀井は笑ってから、

「今日の午後八時半に上野駅へ来たまえ。被害者の妹さんも連れて来るといい。八時半だ。おくれないようにね」

「そうするとどうなるんですか？」

「多分、今度の事件が解決する」

「どうやってですか？」

「とにかく八時半に来たまえ」

亀井は電話を切ってしまった。

9

どうなるのか分からないままに高見はかおるを誘い、一緒に夕食をすませてから、八時半少し前に上野駅に着いた。

亀井は先に来ていた。

「やあ、来たね」

亀井はニコニコ笑いながら二人を迎えた。

「本当に、事件は解決するんですか？」

半信半疑で高見がきいた。

「ああ、解決する」

「犯人は誰だったんですか？」

とかおるがきいた。

「犯人は藤沢だ」

「でも、昨日は——？」

「あれからいろいろと考えたのさ。藤沢は午後六時に、浅草の天ぷら屋で仲間と集った。彼はその前に上野に寄って、『あけぼの1号』の秋田までの切符を買っておいた。みどりさんに持たせるためです。もちろん、一応、改札口を通ってハサミをいれておくか、形をまねて鋏《はさみ》で切っておいたと思う。九時に別れてから上野へ来て、待っていたみどりさんと列車に乗った」

「どの列車ですか？」

「二一時二〇分発の急行『おが』だ」

「なぜその列車だと分かるんですか？」

不思議に思って高見がきくと、

「この列車でなければ駄目なんだよ」

「時間がですか？　しかし『おが』も、宇都宮には二二時五八分着で、タクシーで運んだんでは間に合わなかったんじゃなかったですか？」

「いや。時間は問題ではなく、この『おが』という列車の構造にあるんだ。それを国鉄に問い合せて確かめた。今日、実際に乗ってみて、推理しようと思っているんだよ」

「どんな特殊な構造ですか？」

「それは乗ってみれば分かるさ。急行『おが』の切符を三枚、買っておいた」

亀井は秋田までの寝台券を取り出して、高見とかおるに渡した。

午後九時を過ぎてから、三人は改札口を入った。

十五番線に、急行『おが』はすでに入っていた。

ブルーの車体は普通のブルートレインである。違うところといえば、寝台車五両と自由席三両の編成で、全てが寝台ではないということだが、それが亀井のいう構造上の特殊性とは思えなかった。

三人は六両目のB寝台に乗り込んだ。

寝台はもうセットしてあったが、高見もかおるも横になる気にはなれず、ベッドに腰を下している。

亀井は二人に向い合って腰を下すと、煙草に火をつけた。

定刻の二一時二〇分に、EF65形電気機関車に牽引《けんいん》されて、急行「おが」は上野を出発した。

窓の外は、上野のネオンや灯が流れ去って行く。

「どこといって、変ったところのない列車だと思いますがね」

高見は分からないという顔で亀井にいった。

「宇都宮まで行ったら分かってくるよ。ところでそこへ行くまでに、今度の事件をおさらいしておこう」

亀井は落ち着いて煙草の灰を落とした。

「犯人は藤沢だ。午後九時に浅草の天ぷら屋を出た藤沢は、地下鉄で上野に向った。五、六分で着くから、二一時二〇分発のこの列車に乗ることが可能だ」

「それは分かります」

「多分、藤沢はみどりさんを脅して、この列車に乗せたんだと思うね。彼女は高見君、君と結婚する気になって、秋田の両親に会いに行くことにした。それを知った藤沢はみどりさんを脅迫した。あの手紙がそれを示している。だが彼女の気持は変らなかった。

そこで藤沢は、急行『おが』でどこそこまで行くから、一緒に乗ってそこまで行って欲しい、そうしたらいさぎよく別れるといったんだと思う。それでみどりさんは、この列車で秋田へ行くことにしたんだろう。君に乗る列車をいわなかったのは、藤沢が一緒に乗るからだろう」

「そのあと、奴はどうしたんですか？」

「藤沢は、みどりさんを殺しても自分は疑われない方法を考えた。そのカギがこの急行『おが』だったんだよ。この列車がなかったら、絶対にうまくいかなかったですね」

「そこを説明して下さい」

「藤沢は、鬼怒川でみどりさんの死体が発見されるようにしたかった。しかも、ハンドバッグの中に特急『あけぼの1号』の切符が入っている形でだよ。だから前もって、その切符を買っておいたんだ。そうしておいて、急行『おが』に乗ったのさ」

「そこまでは分かります。しかし、ひょっとすると、実際には次か次の次の列車に乗ったんじゃないかと考えますよ。そうなれば、折角、九時まで浅草にいたアリバイ工作がふいになってしまうでしょう？　そのくらいのことは藤沢も考えたと思いますが」

「そうだ。だからそのために、死体は鬼怒川で発見されなければならないんだ。事実、みどりさんの死体は、二十四時間も水に浸《つか》っていて発見された。しかし、その時間はどうでもいいんだ。鬼怒川で発見されることが大事だったんだよ。突き落としたところから、少しでも下流ならいいんだ」

「それとこの列車は、どういう関係があるんですか？　この列車の宇都宮着が二三時五八分。降りてタクシーで、鬼怒川に行ったら、間に合いませんよ。車で三十分近くかかると思いますからね」

「そうさ。藤沢は車を使ったんじゃないんだ」

「じゃあ、どうやって？」

10

「急行『おが』は、宇都宮を出て、七、八分すると、鬼怒川にかかる鉄橋をわたる。鬼怒川橋梁《きょうりょう》だ。列車がわたっている時、藤沢はみどりさんを鬼怒川に突き落としたんだ。その前にすでに殺しておいてね。死体を投げ落としたといってもいい。死体は鉄橋にぶつかってから川に落ちたから、外傷が多かったんだ。一緒に『あけぼの1号』の切符を入れたハンドバッグも投げ捨てておく。もちろん、『おが』の切符は抜き取ってだ。川は水量が豊かだったから、藤沢の目算どおり下流に流れてから発見された」

「ちょっと待って下さいよ」

「なんだ？」

「鉄橋から落とすというのは、昨日、かおるさんが考えました」

「それで？」

「しかし、すぐ駄目だと気がつきましたよ。今の列車は自動ドアだから、手では開けられませんよ。無理に開けようとすれば、急ブレーキがかかってしまいますよ」

「果してそうかな？」

「どういうことですか？」

「まあ、宇都宮を出てから試してみよう」

と亀井はいった。

宇都宮着が二二時五八分。五分停車で、急行「おが」は発車した。

「デッキに行ってみよう」

と亀井はいった。

三人はデッキに出た。

「少し下っていたまえ」

と亀井はいい、自分はドアの方へ行った。

列車が鉄橋をわたり始めた時、亀井はドアに手をかけて引っ張った。

ドアが開き、冷たい風が吹き込んできた。

「開くんですか？」

と高見が大声を出した。

亀井は、また手でぴしゃりとドアを閉めてから、

「ドアのところを見てみたまえ」

という。

高見が見ると、ドアの中央に「手であけて下さい」と書かれていて、その下に更に、

「このとってを引いてドアをあけて下さい」

と説明してあった。

「手で開くんですか」

「この列車の20系に限って、ドアは手で開けられるんだ」

「でも、それでは走行中に、誰かがいたずらして開けたりして、危険だと思いますけど」

かおるがきいた。

亀井は微笑した。

「その点は大丈夫ですよ。車掌室に鎖錠スイッチというのがあって、それを動かさなければドアは開かないんです。駅に着くと、車掌室で鎖錠スイッチを切る。そうすると、乗客がドアを手で開けて降りるわけです。自動ドアになれた人がこの列車に乗ると、駅に着いてもドアが開くのをじっと待っているそうですよ。発車する時は、車掌が全部のドアが閉まっているのを確認してから、車掌室の鎖錠スイッチを入れる。そうすればもう手で開けられない。だから走行中は安全というわけです」

「でも、今、亀井さんは手で開けたわ」

「実は車掌さんに頼んで、一分間だけ鎖錠スイッチを外して貰《もら》ったんです。だからもう開きませんよ」

亀井はドアを引っ張って見せた。確かに今度はびくともしない。

「でも、あの日、藤沢は手でドアを開けたんでしょう？　どうやって鉄橋を通過中に開けたんですか？」

かおるがきいた。

「それについて、今日の午前中、上野車掌区に電話して聞いてみたんです。面白い話を聞きました。事件当日、列車が宇都宮を出てすぐ、車掌室にサングラスをかけた若い男が顔を出して、隣りの車両で子供が苦しんでいるから、すぐ来てくれといったそうです。車掌はあわてて隣りの車両に見に行った。サングラスの男は、もちろん藤沢だった筈《はず》です。からになった車掌室に入って、鎖錠スイッチを外したんです。そうしておいて、ドアを一つ、手で開けて、みどりさんの死体を鬼怒川に投げたんです。自動ドアじゃないから、鎖錠スイッチを外しても、他のドアは閉まったままだから危険はない。藤沢は素早くドアを元通りに閉め、車掌室の鎖錠スイッチを入れておいた。その間、二、三分しかかからなかったと思いますね」

「しかし、子供の病気は嘘だったんでしょうから、すぐおかしいと気付かれてしまうんじゃないんですか？」

高見は首をかしげた。

「いや、隣りの車両で、子供が本当に腹痛を起こして、苦しんでいたんだよ」

「そんなに都合よく腹痛の子供が出ますかね？」

「もちろん藤沢がやったのさ。方法は簡単だよ。子供の好きそうなジュースかミルクに、少量の劇薬を混ぜておいて、それをあげたんだと思う。喜んで飲んだ子供はたちまち腹痛を起こすが、実は少量だから、間もなく治ってしまう。だから問題にならなかったんだよ」

「そうですか」

「これで藤沢は、犯人と決ったな」

亀井は満足そうにいった。

亀井は腕時計を見た。

「次は西那須野《にしなすの》か。私はその次の黒磯《くろいそ》で降りて、東京へ引き返す。すぐ藤沢を、殺人罪で逮捕したいからね」

「もう十一時過ぎですよ。そんな時間に上野に引き返す列車があるんですか？」

心配して高見がきくと、亀井は笑って、

「そこはちゃんと調べておいたよ。この列車は二三時四七分に黒磯に着く。上野へ行く上り列車は、一番早いのが急行『ざおう62号』で、これは午前二時〇四分に黒磯に着くんだ。これに乗れば四時五二分に上野へ着くよ」

「しかし、二時間以上、黒磯駅で待たなければなりませんよ。大変ですよ」

高見が心配していうと、亀井が手を振って、

「殺人事件が一つ片付いたんだ。二時間くらいは喜んで待つよ」

「私はどうしたらいいんですか？」

かおるがきいた。

「あなたはまっすぐ、この列車で秋田へ帰って、お姉さんの霊前に犯人が逮捕されたと報告なさい。この列車が秋田に着くのが午前八時二六分だから、それまでには間違いなく、藤沢は逮捕されていますからね」

「僕はどうしたらいいですか？　亀井さんと一緒に黒磯で降りて、東京に戻りましょうか？」

「馬鹿なことをいいなさんな」

と亀井は笑った。

「どうしてですか？」

「姉を失ったばかりで心細くて仕方がないかおるさんを、ひとりで秋田まで帰すつもりなのかね？　私は君が当然、送って行くものと思ったから二枚、秋田までの切符を買って、君と彼女に渡したんだよ」

「しかし――」

「会社もあと一日ぐらい休んでもいいんだろう？」

「それはそうですが――」

「そうだ。秋田の地酒を買って来てくれないか」

亀井はそういい、列車が西那須野を通り、黒磯駅に着くと、二人に向って軽く手をあげただけで、人の気配のないホームにさっさと降りて行った。

解説

山前　譲

西村京太郎《にしむらきょうたろう》氏の最初の作品である「黒の記憶」が推理小説専門誌「宝石」に発表されたのは、一九六一年二月のことだった。その半世紀以上にもなる創作活動のあいだに発表された、十津川《とつがわ》警部シリーズを中心とする厖大《ぼうだい》な数の作品群については、今さら多くを語る必要はないはずだ。

西村作品を読んで日本各地を紙上旅行で楽しみ、そして作品に誘われて実際に旅した人はたくさんいるだろう。今、外国人観光客の急増が話題になっているが、その目的地はずいぶん多彩である。日本人が見逃していたような所が、人気の観光スポットになっていたりする。それだけまだ、我々には未知の旅の目的地があるということだが、西村作品はいつも旅の指針となってくれるに違いない。

全六作が収録されたオリジナル編集の『裏切りの中央本線』もまた、西村氏の短編による紙上旅行だ。

表題作の「裏切りの中央本線」(「小説現代」一九八六・四)は警視庁捜査一課十津川班の西本刑事の活躍である。久しぶりに休暇がとれたので今度の日曜日、信州の松本《まつもと》に行くと、大学時代の友人の崎田に話した。すると、自分も天竜峡《てんりゅうきょう》へ行くことにしていたから、そして相談することがあるから、一緒の列車で行こうと持ちかけてきた。

　そして日曜日の一〇時二八分、ふたりは新宿駅《しんじゅく》から松本行きの急行「アルプス3号」で出発する。併結している「こまがね3号」が飯田《いいだ》線の飯田まで行くので、崎田は切り離し駅の岡谷《おかや》でそちらに乗り換えるという。

　彼の相談は、サラリーマンには向いていないことが分かったので、小説家を目指そうかというものだった。あまり適切なアドバイスのできなかった西本だが、学生時代の思い出話に花を咲かせているうちに、次の駅が岡谷となった。「こまがね3号」に移動する崎田を見送り、西本は一四時〇五分、松本駅に着いた。ところがホームが騒がしい。なんと「アルプス3号」の6号車のトイレで、死体が発見されたという……。物語の後半はその「アルプス3号」を巡ってのアリバイ崩しが堪能《たんのう》できる。

　東京と名古屋《なごや》を結んでいる中央本線は、塩尻《しおじり》以東を中央東線、以西を中央西線と呼んで区別しているが、「アルプス」は中央東線を代表する急行だった。走りはじめたのは一九五二年で、一九六〇年に急行となる。一時期は新宿・松本間の唯一の急行として十往復以上運行されていた。やがて次第に特急「あずさ」に取って代わられ、一九八六年には夜行のみとなってしまう。そして、二〇〇二年に定期列車としての運行はなくなった。

　国鉄時代にはビュッフェ車が連結されていて、信州そばもメニューにあったという。

その「アルプス」の車窓からの風景を、この短編では楽しめる。西村作品には「急行アルプス殺人事件」（一九九二　角川文庫同題短編集に収録）と題された短編があり、「アルプス」が事件の目撃者といえる役割を果たしていた。なお、「こまがね」も一九八六年に廃止されている。

「トレードは死」（「小説現代」一九八〇・三）もまたアリバイの謎だが、トリックの鍵《かぎ》を握っているのは東海道新幹線だ。大阪のホテルでプロ野球の元投手で今はラジオ解説者の矢代が殺される。東京センチュリーズでピッチングコーチを務めている田島は、矢代から即戦力のピッチャーに関する極秘の情報を得て、後に裏工作を依頼していた。そしてその日、彼と大阪で会うため、東京発の新幹線に乗ったのだが……。

西村作品の愛読者なら、作者がプロ野球好きらしいと推理することは簡単だったに違いない。長編に『消えた巨人軍《ジャイアンツ》』（一九七六）、『消えたエース』（一九八二）、『日本シリーズ殺人事件』（一九八四）があり、短編にも「マウンドの死」（一九六四）、「ナイター殺人事件」（一九七八）、「サヨナラ死球」（一九七九）、「超速球150キロの殺人」（一九七九）、「審判員《アンパイア》工藤氏の復讐」（一九八〇）などがあるからだ。本書収録の「トレードは死」ではプロ野球界ならではの駆け引きが興味をそそる。

西村氏は、トラベル・ミステリー中心の創作活動になる前に、島巡りを趣味にしていた時期があった。それは一九七〇年前後のことで、まさに島国らしいテーマの社会派推理『ハイビスカス殺人事件』（一九七二）や海底での密室殺人とアリバイの謎がトリッキィな『伊豆七島殺人事件』（一九七二）といった長編のほか、「南神威島」（一九六九）、「アカベ・伝説の島」（一九七一）、「若い南の海」（一九七二）、「死霊の島」（一九七六）などの作品に結実している（架空の島を舞台にしたものもあるが）。十津川警部シリーズの海洋ものである『消えたタンカー』（一九七五）や『消えた乗組員《クルー》』（一九七六）もその延長線上にあると言えるかもしれない。

本書収録の「幻の魚」（「新評」一九七六・二）と「石垣殺人行」（「小説宝石」一九七七・七）もまた、島を舞台にした作品である。

「幻の魚」は西村作品では珍しい釣りミステリーだ。幻の魚と言われるイシダイを釣ろうと訪れた伊豆《いず》諸島の式根島《しきね》で、挿絵画家が殺人事件に巻き込まれている。イシダイ釣りの醍醐味《だいごみ》は引きにあるそうで、最初のアタリは軽いのに、最後は竿《さお》をひったくるように泳ぐという。

東京から高速ジェット船で約三時間の式根島は、波の穏やかなリアス式海岸が磯釣りに適しているとのことで、五十センチクラス、七キロ超のイシダイが釣れることもあるようだ。もちろんそうそう簡単に釣れるものではないことは、「幻の魚」が語っている。

一方、南西《なんせい》諸島八重山《やえやま》列島の石垣島《いしがき》が舞台となっているのが「石垣殺人行」だ。東京から飛行機で沖縄本島へ、そしてさらに飛行機を乗り継いで、岡田夫妻が訪れている。それは典型的な観光旅行だったが、夫は邪悪な意志を抱いていた。なかなか離婚してくれそうにない妻を、事故に見せかけて殺そうと……。

石垣島は沖縄本島から四百十キロほど離れている。ところが台湾からは約二百七十キロの距離だ。亜熱帯海洋性気候で、年平均気温は二十四度ほどである。美しいビーチなど、島の魅力はこの短編でたっぷり語られている。二〇一三年には新石垣空港（愛称は「南《ぱい》ぬ島 石垣空港」日本最南端の空港！）が開港し、交通の便はさらに良くなった。東京、名古屋、大阪、福岡からの直行便も運行されている。

本土から遠く離れた島はいわば海の密室で、ミステリーの舞台としてじつにそそられる。だが、鉄道は走っていない。沖縄本島にモノレールが開通したときには『十津川警部「オキナワ」』（二〇〇四）が書かれたが、いわゆるトラベル・ミステリーの時代になって書かれた十津川シリーズでは、島ものは少ない。それでも「初夏の海に死ぬ」（一九九四）には、亀井刑事とともに石垣島を訪れる十津川の姿があった。

国内外から多くの観光客が訪れる京都で事件が起こっているのは、「水の上の殺人」（「週刊小説」一九八〇・七・二五）である。京都の夏の風物詩が鴨川《かもがわ》納涼床、いわゆる「川床」だ。鴨川に向かって床を張りだし、涼をとりながら食事をしたりする。

その日、京菓子「おたふく」の店主の秋山徳三郎《あきやまとくさぶろう》たちが、先斗町《ぽんと》通りの料亭の「満月《まんげつ》亭《てい》」で懐石料理を楽しんでいた。食べ終えて帰ろうとしたとき、一行のひとりが手すりにもたれるように川面《かわも》を見下ろしていた。少し酔ったらしい。徳三郎らは先に帰ったが、なんとその五十五、六の男はナイフで刺し殺されていた！

京都を舞台にしたものには、この短編のほか、「夜行列車『日本海』の謎」（一九八二）、あるいは長編に『京都感情旅行殺人事件』（一九八四）などが一九八〇年代に書かれているけれど、西村作品で京都がよく取り上げられるようになったのは一九九〇年代後半からだ。

『京都 恋と裏切りの嵯峨野』（一九九九）、『京都駅殺人事件』（二〇〇〇）、爆破事件である『祭ジャック・京都祇園祭』（二〇〇三）、『京都感情案内』（二〇〇五）、『十津川警部 京都から愛をこめて』（二〇一一）、『京都嵐電殺人事件』（二〇一一）、『Mの秘密』（二〇一二）といった長編、そして短編の「冬の殺人」（一九九九）や「雪の石塀小路に死ぬ」（一九九九）がある。二十年ほど住んでいただけに、古《いにしえ》の都の描写は細かい。

最後の「死への旅『奥羽本線』」（「オール讀物」一九八四・二）は珍しい亀井刑事単独の事件簿である。奥羽本線の夜行列車で秋田へ向かった矢野みどりが、姿を消してしまったのが発端である。彼女と結婚の約束をしていた高見には、四十五、六歳の平凡な男で、頼りになるとは思えなかったようだが、鉄壁のアリバイを見事に解き明かす亀井だ。

　鉄道アリバイもの二作に十津川警部シリーズとはひと味違った四作と、日本各地を舞台にした、西村京太郎氏の多彩な短編ミステリーを楽しめる『裏切りの中央本線』である。

初出・収録書一覧

裏切りの中央本線　光文社文庫『特急「おき3号」殺人事件』収録
トレードは死　角川文庫『私を殺しに来た男』収録
幻の魚　角川文庫『完全殺人』収録
石垣殺人行　角川文庫『日本殺人ルート』収録
水の上の殺人　角川文庫『イレブン殺人事件』収録
死への旅「奥羽本線」　徳間文庫『空白の時刻表 西村京太郎自選集3』収録

本書は二〇一七年三月に小社より単行本として刊行されました。

本書収録の作品に、現在とは異なる名称や事実関係が出てきますが、それぞれの作品が発表された当時のものです。尚、本書収録作品はすべてフィクションです。（編集部）

裏《うら》切《ぎ》りの中央《ちゅうおう》本《ほん》線《せん》

西《にし》村《むら》京《きよう》太《た》郎《ろう》

令和2年 1月25日　初版発行
令和5年 5月20日　再版発行

発行者●山下直久

発行●株式会社KADOKAWA
〒102-8177　東京都千代田区富士見2-13-3
電話　0570-002-301（ナビダイヤル）

角川文庫 21991

印刷所●株式会社KADOKAWA
製本所●株式会社KADOKAWA

表紙画●和田三造

●お問い合わせ
https://www.kadokawa.co.jp/（「お問い合わせ」へお進みください）
※内容によっては、お答えできない場合があります。
※サポートは日本国内のみとさせていただきます。
※Japanese text only

ISBN 978-4-04-108736-7　C0193

角川文庫発刊に際して

角川源義

第二次世界大戦の敗北は、軍事力の敗北であった以上に、私たちの若い文化力の敗退であった。私たちの文化が戦争に対して如何に無力であり、単なるあだ花に過ぎなかったかを、私たちは身を以て体験し痛感した。西洋近代文化の摂取にとって、明治以後八十年の歳月は決して短かすぎたとは言えない。にもかかわらず、近代文化の伝統を確立し、自由な批判と柔軟な良識に富む文化層として自らを形成することに私たちは失敗して来た。そしてこれは、各層への文化の普及滲透を任務とする出版人の責任でもあった。

一九四五年以来、私たちは再び振出しに戻り、第一歩から踏み出すことを余儀なくされた。これは大きな不幸ではあるが、反面、これまでの混沌・未熟・歪曲の中にあった我が国の文化に秩序と確たる基礎を齎らすためには絶好の機会でもある。角川書店は、このような祖国の文化的危機にあたり、微力をも顧みず再建の礎石たるべき抱負と決意とをもって出発したが、ここに創立以来の念願を果すべく角川文庫を発刊する。これまで刊行されたあらゆる全集叢書文庫類の長所と短所とを検討し、古今東西の不朽の典籍を、良心的編集のもとに、廉価に、そして書架にふさわしい美本として、多くのひとびとに提供しようとする。しかし私たちは徒らに百科全書的な知識のジレッタントを作ることを目的とせず、あくまで祖国の文化に秩序と再建への道を示し、この文庫を角川書店の栄ある事業として、今後永久に継続発展せしめ、学芸と教養との殿堂として大成せんことを期したい。多くの読書子の愛情ある忠言と支持とによって、この希望と抱負とを完遂せしめられんことを願う。

一九四九年五月三日